KB272212

어쩌면 바라던 바

어쩌면 바라던 바

어쩌면 바라던 바 *BAR*

삶과 책이 있는 위스키 바
그 잔에 담긴 이야기

정성욱 지음

애플북스

첫 책이 출간된 지 채 1년이 되지 않아 두 번째 책을 쓰고 있습니다. 지금 이 글을 쓰는 저는 위스키 바 '산문'의 한구석에 앉아 노트북을 두드리고 있습니다. 이번에는 조금 다르게 제 이야기를 해보려 합니다. 좀 더 정확히 말하자면 위스키 바 산문과 그곳을 둘러싼 술과 삶, 그리고 그 속에 있는 저에 대한 이야기입니다. 차기작 계획이 있느냐는 질문을 받을 때마다 늘 같은 대답을 하곤 했습니다. 언젠가 제 이야기를 쓰고 싶다고, 그리고 그때는 이곳에 대한 글을 쓰고 싶다고 말이죠. 그 '언젠가'가 지금인 것 같습니다.

첫 책 『로컬 라이프스타일을 제안하다』(클라우드나인, 2024)는 꽤나 체계적으로 집필했습니다. 수개월간 자료 수집을 위해 책을 읽고 기사를 찾으며 필사를 했습니다. 현장에 계신 분들을 직접 찾아가 인터뷰를 요청하기도 했습니다. 본격적으로 글을 쓰기 전까지는 단 한 줄도 쓰지 않았습니다. 그리고 글을 쓰기 시작한 뒤에는 하루에 목차 하나씩 써 내려갔습니다. 그렇게 계획적으로 글을 쓰다 보니 비교적 빠른 시간 안에 완성할 수 있었습니다. '책은 머리가 아니라 엉덩이로 쓴다'는 말을 실감했던 시간이었던 것 같습니다.

하지만 이번 이야기는 지난번과 다르게 흘러가는 대로, 계획보다는 감각과 기억을 따라 쓰고 싶었습니다. 차곡차곡 쌓인 자료보다 이곳에서 흘러나온 이야기에 귀 기울이고 싶었습니다. 누군가는 정돈되지 않아서 불친절하다고 느낄지도 모르지만, 저의 삶 자체가 그렇게 비선형적이고 흩어진 조각들을 그러모아 하나의 흐름을 만들어가고 있기에 이 글도 그 흐름 그대로 담아내고 싶었습니다.

제주도에서 자라 강원도에서 군 생활을 한 뒤 청주에서 대학을 졸업, 세종에서 건축사사무소에 다니며 로컬에 대한 글을 썼고 지금은 위스키 바를 운영하고 있습니다. 지역도, 일도, 서로 연결되지 않은 것처럼 보일 수 있습니다. 자유로운 형식과 틀에 얽매이지 않는 것이 산문이라면, 제 삶 또한 그렇게 자유롭게 써 내려가고 있다고 생각합니다. 그래서 이 가게의 이름을 '산문'이라 지었습니다. 틀에 박히지 않으면서 자신만의 리듬으로 전개되는 문장처럼 살아가고 싶어서요.

산문에서는 책을 보며 위스키를 마시는 사람과 바 테이블에서 위스키에 대해 이야기하는 사람이 있습니다. 독서 모임이 열리기도 하고 지역 네트워킹 행사가 열리기도 합니다. 술과 책, 그리고 사람. 이 공간에서 흐르는 이야기들은 모두 산문이라는 이름 아래 쓰이고 있습니다. 조용히 홀로 책을 읽다 가는 손님이 있고, 어떤 날은 깊은 밤까지 책과 인생에 대해 토론하는 손님도 있습니다. 모두 다르지만 함께 이 공간을 채우는 이야기들입니다.

책을 쓰기 전, 어떤 이야기를 중심에 둘 것인지 많이 고민했습니다. 위스키와 칵테일에 대한 안내서가 될지, 바텐더로서의 경험을 담은 기록이 될지, 초보 사장으로서의 현실적인 고민을 풀어낼지, 아니면 손님들과의 대화에서 얻은 깨달음일지. 그러다 문득 바텐더로서 지켜야 할 가장 중요한 윤리는 이야기를 소중히 대하는 마음이라는 생각이 들었습니다. 그래서 이 책은 누군가의 구체적인 서사보다는 그 대화들이 스며든 공간 자체의 결을 따라가고자 합니다. 사람들의 목소리, 웃음소리, 가끔은 울음까지. 그런 것들이 이 공간에 배어 있고 그것이 제가 기록하고 싶은 산문입니다.

술을 좋아하는 사람은 언젠가 자신만의 바를 열어보고 싶다는 꿈을 꾸고, 책을 좋아하는 사람은 언젠가 책방을 열어보고 싶다고 말합니다. 저에게 '산문'은 그 두 가지 꿈의 교차점 같은 공간입니다. 어쩌면 저는 이미 로망을 실현했을지도 모르겠네요. 책과 술, 이것들은 여러분에게 어떤 의미인가요? 그리고 그 둘이 한 공간 안에 함께 놓인다면 여러분은 어떤 그림을 떠올리시나요? 언뜻 어울리지 않는 듯 보이지만 묘하게 조화를 이루는 공간. 그곳에서의 시간을 기록하는 일이 바로 이 책의 시작입니다.

이 책은 위스키에 대한 정보서도 아니고 경영서도 아닙니다. 어디서부터 어디까지가 주제인지 뚜렷하게 구분되지 않을 수도 있습니다. 때로는 바텐더로서의 이야기로, 또 어떤 때는 장사를 하며 겪은 생존의 이야기로 혹은 사람들과 관계를 맺는 방식에 대한 사유로 이 책은 채워질 것입니다. 무엇보다도 글을 쓰는 사람으로서 저 자신에 대한 고백도 이어질 것입니다. 술과 글이라는 두 세계가 제 삶에서 어떻게 만나고 충돌하고 스며드는지를 이야기하려 합니다.

누군가는 이 책을 읽고 위스키 바를 꿈꾸게 될지도 모릅니다. 누군가는 나의 공간을 만들고 싶다는 생각을 하게 될 수도 있겠지요. 또 누군가는 그냥 문장 하나에 걸려 잠시 멈춰 설 수도 있겠네요. 이 책은 그렇게 각자의 방식으로 읽히기를 바랍니다. 정해진 길 없이 도착하는 이야기, 각자의 해석을 따라 흐르는 문장. 그 결이 향하는 곳이 어디든 잠시 머물렀던 마음의 풍경 하나쯤 남기를 바랍니다.

그렇다고 이 이야기들이 너무 낭만적으로만 읽히지 않기를 바랍니다. 많은 분들이 좋아하는 일을 하며 살고 싶다고 말하지만 좋아하는 일도 마침내 일이 되면 감당해야 할 현실이 따라붙습니다. 내가 좋아하는 일을 한다고 해서 남들도 그 일을 좋아할 이유는 없습니다. 어쩌면 좋아하는 것만 하며 사는 삶이란 건 없을지도 모릅니다. 다만 그 안에 좋아하는 마음을 얼마나 오래 붙들 수 있을지는 스스로의 선택과 태도에 달려 있겠지요.

그래도 한번쯤은 그런 장면을 떠올려보길 바랍니다. 나의 언어와 정체성으로 채운 공간이 있다면 그곳은 어떤 톤일지. 내가 전하고 싶은 감정, 분위기, 이야기들은 무엇일지. 그것이 지금의 삶을 조금 다른 방향에서 바라보게 하는 실마리가 되어줄 수도 있으니까요. '산문'이 저에게 그러했듯이 여러분에게도 그런 가

능성의 장면이 하나쯤 떠오르기를 바라며 이 이야기를 시작합
니다.

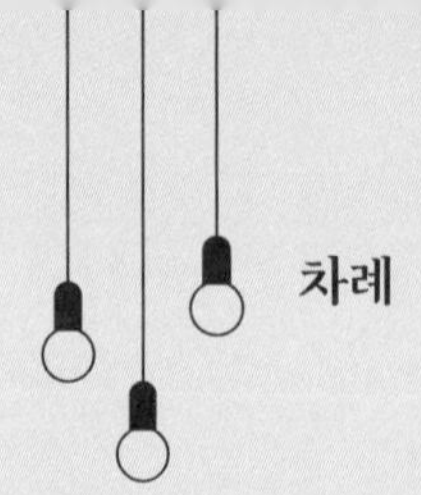

차례

PART 2. **바에서 스친 이야기들**

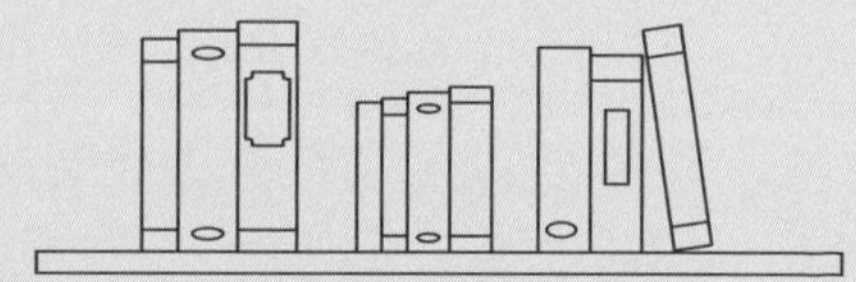

PART 3. **한 잔이 던진 질문**

이 자리가 아니었다면,

나는 나를 이렇게까지

이해할 수 있었을까?

이야기가

시작되는

문 앞에서

PART 1

2024년 한국지역경영원이 발표한 '대한민국 살기 좋은 도시' 순위에서 세종시가 당당히 1위에 올랐습니다. 인구 구성, 경제·고용, 교육 수준, 건강·의료, 그리고 안전성까지 종합적인 항목에서 고루 높은 점수를 받은 결과였습니다. 실제로 이곳에 살아본 사람이라면 세종이 살기 좋은 도시라는 데에는 큰 이견이 없을 것입니다. 그런데 저는 이 발표를 듣고 문득 이런 생각이 들었습니다. '세종이 살기 좋은 건 맞지만, 과연 머물고 싶은 도시일까?'

세종에 처음 정착한 뒤, 저는 이곳이 마치 방금 지어진 전시용 도시처럼 느껴졌습니다. 반듯하게 정리된 도로, 깨끗한 인도,

체계적으로 조성된 공원과 상권, 효율적으로 설계된 행정 구역까지. 모든 것들이 완벽해 보였지만 왠지 모르게 생기가 부족해 보였습니다. 사람들의 마음을 붙잡는 도시만의 고유한 정취나 분위기는 잘 느껴지지 않았습니다. 물론 이것은 미혼 청년의 개인적인 시선일 수도 있습니다. 가족 단위 주민들에겐 세종의 정돈된 구조와 안정적인 환경이 살기 좋은 도시처럼 느껴질 수 있겠지요.

'사는 것'과 '머무는 것' 사이에는 분명한 간극이 있었고 저는 그 틈을 자주 느꼈습니다. 도시는 넓고 쾌적했지만 마음이 머물 수 있는 장소를 쉽게 찾을 수 없었습니다. 일상을 나눌 친구도, 취향을 나눌 공간도 마땅치가 않았습니다. 사람들은 바빴고 저녁이 되면 제각기 집으로 흩어졌습니다. 거리에 남은 것은 잘 정돈된 조명 아래 적막뿐이었습니다. 종종 이주민들과 나누는 대화에서 "세종은 살기에는 좋아요. 그런데 재미가 없어요."라는 말을 듣곤 했죠. 저 역시 깊이 공감합니다.

세종은 나에게 낯선 도시였습니다. 유년의 기억도 청춘의 흔적도 남아 있지 않은 도시. 하지만 이상하게도 세종이 좋았습니다. 시간이 흐를수록 이곳에 머물고 싶다는 마음이 자라났습니다. 그리고 그 마음 끝에는 '내가 머물고 싶은 공간을 직접 만들어보면 어떨까?'라는 질문이 자리하게 됐습니다.

도시의 상권은 생태계와 같습니다. 처음에는 생필품을 해결할 수 있는 편의점, 슈퍼마켓, 음식점 등이 자리합니다. 이후 감성 소비를 자극하는 카페나 디저트 전문점이 들어오고 점차 분위기 있는 술집, 바, 라운지 등 주류를 판매하는 공간이 등장하며 도시의 밤이 생겨납니다. 마지막으로 외부 관광객을 위한 숙박업이나 관광 인프라가 자연스럽게 들어오면서 하나의 생활권이 완성되어 갑니다.

도시가 사람의 욕구를 단계적으로 충족하는 방식은 마치 매슬로우의 욕구 위계와도 닮아 있습니다. 생리적 욕구(먹고 자고 살기), 안전 욕구(주거와 질서), 사회적 욕구(만남과 교류), 존경의 욕구(취향과 인정을 받고 싶은 마음), 자아실현의 욕구(나만의 공간과 삶의 의미를 찾는 일). 세종은 생리적·안전적 욕구를 충족시키는 데 있어서 더없이 좋은 도시입니다. 하지만 그 위의 단계들, 사람들이 서로를 만나 이해하고 자신만의 취향을 펼치며 삶을 온전히 느낄 수 있는 경험의 층위는 아직 완전히 자리 잡지 못한 채 비어 있는 듯했습니다.

처음 세종에 왔을 때 바는 손에 꼽을 정도로 드물었습니다.

좋은 커피를 내어주는 카페는 많았지만 위스키를 권하는 편안한 바는 드물었습니다. 사람들은 저녁이 되면 각자의 집으로 흩어졌고 도시의 밤은 조용했습니다. 그런 풍경 속에서 저는 문득 이런 생각을 하게 됐습니다. '세종에도 밤이 필요하지 않을까?' 그래서 저는 바를 열기로 마음먹었습니다. 단순히 술만 파는 공간이 아니라 하루를 마무리하며 오늘을 이야기할 수 있는 곳. 각자의 취향을 나누고 서로의 삶을 묻는 밤. 저는 그런 밤을 만들고 싶었습니다. 모두가 머물고 싶은 밤. 그것이 위스키 바 '산문'의 시작이었습니다.

바Bar라는 공간은 유독 대화가 많습니다. 혼자 온 사람에게도 둘이 온 사람에게도 바텐더는 적당한 온기로 말을 건넵니다. 과장되거나 의무적인 사교가 아닌 서로의 하루를 묻는 담백한 이야기들. 그런 이야기가 오갈 수 있는 공간, 바라는 '도시의 한 귀퉁이'를 만들어보고 싶었던 겁니다.

"왜 하필 세종이었어요?"라는 질문을 자주 받습니다. 서울도 있었고 고향인 제주도 있었을 텐데 왜 굳이 이곳이었냐고요. 그럴 때면 저는 늘 김빠지는 대답을 하곤 했습니다. "그러게요, 그냥 세종이 좋았어요." 이제 와 글을 쓰며 생각해보니 그 모호한 대답이 조금씩 정리되기 시작합니다. 도시가 풍기는 여유, 사람들의 삶의 속도, 각자의 경계를 지키면서도 타인을 존중하는 태도, 건강한 개인주의자들, 느슨하지만 지속 가능한 관계들, 가족 단위의 따뜻한 저녁 풍경. 저는 이런 것들이 좋았습니다.

세종에 대한 애정이 생겨서일까요. 아니면 이런 것들이 아직 채워지지 않은 여백으로 보였던 걸까요. 동네에는 사람들의 이야기가 모이고 흩어지는, 온기가 머무는 바가 꼭 필요하다고 생각했습니다. 퇴근 후 혼자 조용한 바에 들러 하루를 정리하던 시간이 좋았고, 그런 손님이 되어봤기에, 이제는 그런 공간을 건네는 사람이 되는 건 어떨까 생각했습니다.

'살기 좋은 도시'와 '머물고 싶은 동네.' 두 표현은 언뜻 보면 비슷하지만 다른 차원의 질문을 담고 있습니다. 전자의 수식어 뒤에는 많은 데이터와 분석이 있습니다. 후자의 표현은 누군가의 기억과 감정에 의지해야 하는 말입니다. 저는 후자에 더 관심이 많습니다. 공간에는 감정이 필요하고 그것은 결국 사람들 사이에서 만들어집니다. 조용히 흐르는 음악, 늦게까지 불이 켜진 작은 공간. 그 모든 것들이 세종이라는 도시에 머물고 싶은 이유였습니다. 그래서 저는 오늘도 조금 더 따뜻한 이 도시의 밤을 위해 바 '산문'의 문을 엽니다.

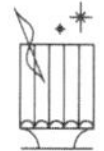

우리가 무언가를 좋아한다고 말할 때, 그 이유가 언제나 순수하기만 한 것은 아닙니다. 때로는 그 대상을 좋아한다기보다 그것을 좋아하는 나의 모습을 더 좋아한다고 할까요. 영화평론가 이동진 님은 책을 좋아하기로 유명합니다. 책을 왜 읽느냐는 질문을 받을 때면 농담처럼 "있어 보이니까요."라고 대답하곤 합니다. 하지만 그 말 속에는 농담 이상의 뉘앙스가 숨어 있습니다. 어쩌면 그렇게 시작된 허영이, 뜻밖에도 새로운 취미의 출발점이 되기도 하니까요.

'있어 보인다는 것'은 '없는 것을 있는 듯 보이게' 하는 일입니다. 없는 교양을 있는 듯, 없는 경험을 있었던 듯, 없는 여유를

있는 듯 보여주는 것. 그런데 흥미로운 건 이런 행위가 반복되면 그것이 결국 나의 일부가 된다는 점입니다. 처음에는 흉내였을지 몰라도 그 흉내가 내 삶을 바꾸고 확장시킵니다. 책을 읽는 사람인 척했던 순간이 쌓여 정말 책 읽는 사람이 된 것처럼 말이죠.

대학 시절 베스트셀러였던 『정의란 무엇인가』는 묵직한 제목과 표지에서 지적인 이미지가 느껴지는 듯했습니다. 그래서 저 책을 읽는다면 괜스레 있어 보일 것 같다는 생각을 했던 기억이 납니다. 지금 생각해보면 참 부끄러운 허영심이었죠. 사실 그때는 책을 썩 좋아하던 시절이 아니었는데 교양 있고 조금 더 성숙해 보이고 싶은 마음에 가방 속에 두꺼운 책을 넣어 다니곤 했습니다. 그런데 그렇게 매일 책을 들고 다니다 보니 버스 안에서나 수업 전 조금씩 읽게 되었습니다.

처음에는 한 줄도 이해되지 않던 문장이 어느 날 문득 그 뜻이 머릿속에 들어오는 순간이 있었습니다. 고개를 끄덕이며 책장을 넘기는 시간이 조금씩 길어졌습니다. 처음엔 남들의 시선을 의식하며 들고 다니던 책이었는데 어느새 책 속 문장을 곱씹고 있었습니다. 처음의 허영은 여전히 부끄러운 기억이지만 그 허영이 없었다면 만나지 못했을 문장들이 있었습니다. 생각해

보면 취향과 취미가 꼭 고상하게만 출발하는 것은 아니더군요.

어떤 취미는 행위의 즐거움만큼이나 그것을 즐기는 나의 모습에서 오는 만족감으로 이어질 때가 있습니다. 독서를 예로 들어볼까요. 지적 호기심을 채우기 위해 책을 읽기도 하지만 책을 읽는 나의 모습이 세련돼 보인다는 자기만족이 또 하나의 동기가 됩니다. 헬스장에 가는 이유도 비슷합니다. 건강을 위해서이기도 하지만 동시에 규칙적으로 운동하는 내 모습이 다른 사람들에게 부지런하고 자기 관리가 철저하다는 인상을 준다는 점에서 뿌듯함을 느낍니다. '보여지는 나'가 '실제의 나'를 끌어올리는 셈입니다.

바에서 칵테일을 고를 때도 이런 장면이 펼쳐집니다. 처음 바에 온 손님 중 더러는 메뉴판을 오래 들여다보다가도 결국 영화에서 본 술을 주문합니다. 예를 들면 제임스 본드의 마티니. "Shaken, not stirred."라는 대사와 함께 주인공이 멋지게 주문하는 장면을 떠올리며 한 잔 시키죠. 그런데 막상 마셔보면 기대했던 달콤함이 아니라 강렬한 술맛에 당혹감을 느끼기도 합니다. 낯선 바에서 주문한 한 잔의 술이 마치 자신을 바에 오래 다닌 사람처럼 보이게 하고, 허영에서 시작된 선택이 어느새 칵테일의 매력과 바의 분위기에 빠져드는 계기가 되기도 합니다.

도시도 마찬가지입니다. 세종은 '노잼 도시'라는 수식어가 따라다닙니다. 문화 공간이 부족하고 타인과 취향을 나눌 기회가 드물기 때문이겠죠. 그럼에도 어떤 사람들은 작은 모임을 열고 행사를 기획하며 특별한 공간을 만들기도 합니다. "세종에도 이런 곳이 있네."하며 지나치던 곳이었지만 그게 반복되자 사람들은 자연스레 그곳을 찾기 시작했습니다. 누군가는 그곳에서 새로운 친구를 만나고 누군가는 우연히 인생의 전환점을 맞이했습니다. '없는 것을 있는 듯' 보이게 하던 시도는 마침내 실제로 존재하는 문화와 경험이 되었습니다.

술 세계에도 그런 이야기를 품은 칵테일이 있습니다. '블루 문Blue Moon'. 진을 베이스로 제비꽃 향의 바이올렛 리큐어와 레몬주스를 섞어 만든 칵테일로 희미한 보랏빛과 푸른빛이 어우러집니다. 블루 문은 '있을 수 없는 일'을 뜻합니다. "Once in a blue moon"이라는 영어 표현처럼, 현실에서는 좀처럼 볼 수 없는 푸른 달을 의미하죠. 현실에선 불가능한 일을 맛과 향과 색으로 눈앞에 가져오는 것, 이것이야말로 '없는 것을 있는 듯' 보여주는 가장 매혹적인 방법 아닐까요?

'없는 것을 있는 듯' 만드는 태도가 단순한 허영과 허세에 그치지 않기를 바랍니다. 오히려 자신의 가능성을 앞당기는 상상력이 되기를 바랍니다. 아직 오지 않은 미래를 미리 살아보는 것처럼 말이죠. 영화 속 한 장면을 마티니 잔에 담아내는 순간처럼 우리는 종종 미래의 장면을 현재로 불러옵니다. 처음엔 연필로 그린 스케치가 시간이 흘러 색과 질감을 입어 하나의 완성된 작품이 되기를 바라면서요.

간혹 허영이 비난받는 이유는 속이 빈 꾸밈이라는 이미지 때문일 겁니다. 하지만 허영의 또 다른 얼굴은 '가능성의 연습'입니다. 교양 있는 척 책을 읽다 보면 실제로 교양이 쌓이고 여행가인 척 길을 걷다 보면 언젠가 진짜 여행자가 되는 것처럼요. 취향 있는 도시인 척 멋들어진 공간을 만들다 보면 그 도시는 반드시 누군가의 취향이 머무는 도시가 됩니다. 없는 것을 있는 듯 보이게 하는 일이 결국 있는 것을 만들어내는 셈입니다.

블루 문의 푸른빛은 실제 하늘의 달빛이 아니지만 잔을 들면 잠시나마 비현실적인 달 아래 서 있는 기분을 느낍니다. 척박한 도시의 작은 모임이 누군가에게는 도시를 따뜻하게 느끼는 경험이 될 수 있습니다. 그 경험이 쌓이고 확산될수록 도시는 더 이상 '노잼 도시'가 아니라 '머물고 싶은 도시'로 불리게 됩니다. 세종이 언젠가 머물고 싶은 도시, 유잼 도시가 될 수 있을까요?

어느 날 문득, 우리는 없는 것을 있는 듯 만들던 시절을 떠올리며 웃게 될지도 모릅니다. 왜냐하면 그때의 허영과 흉내내기가 지금의 현실을 만든 주인공이었음을 깨닫게 될 테니까요. 도시든 개인이든 변화를 향한 첫걸음은 완벽함이 아니라 '척 하는 용기'에서 시작됩니다. 척 하는 순간이 모이고 이어질 때, 세종의 하늘에도 언젠가 진짜 블루 문이 떠오를지 모릅니다. 그것이 진짜 달빛이든, 칵테일 잔 속에 비친 빛이든 상관없습니다. 우리는 그 빛 아래서 조금 더 다채롭고 흥미로운 세상을 만들어가고 있으니까요.

대학교 시절부터 시작된 건축에 대한 고민은 오랫동안 저를 따라다녔습니다. 건축이라는 전공이 과연 제 성향과 가치관에 맞는 선택이었는지 스스로에게 계속해서 질문을 던졌습니다. 설계사무소에서 근무하던 동안에도 이러한 의문은 멈추지 않았습니다. 그 과정에서 로컬을 주제로 한 책을 집필하게 되었습니다. 낯설지만 동시에 설레는 경험이었죠. 책을 쓰는 경험은 단순히 정보나 생각을 전달하는 일을 넘어 자신을 들여다보는 과정이었습니다. 원고를 채워가며 어느새 나는 내 인생을 곱씹고 있었죠. 무엇이 내게 의미 있는가, 어떤 일에 가슴이 뛰는가. 그러다 문득 '나다움'이라는 단어가 가슴에 꽂혔습니다.

원고를 쓰는 동안 저는 곳곳의 작은 도시와 마을을 탐방했습니다. 그곳에서 살아가는 크리에이터들을 인터뷰하며 그들이 일과 삶을 어떻게 연결하고 있는지 들을 수 있었습니다. 지역마다 고유한 색을 품고 살아가는 사람들. 말투도 다르고 걷는 속도도 다른 이들과 부딪히고 대화하면서 나는 점점 관찰자에서 벗어나고 있었습니다. '나도 로컬이라는 무대 위에 서고 싶다.' 어느 시점부터는 그 생각이 머릿속에서 떠나지 않았습니다.

그건 아주 조심스럽고 동시에 무모한 생각이었을지 모릅니다. 회사를 그만두는 것도 바를 연다는 것도 상상해 본 적 없던 일이었으니까요. 어떤 사람은 일이라는 행위를 통해 정체성을 드러내고 자아실현을 한다고 합니다. 그런데 저는 퇴근 후에 원고를 쓰고 다양한 사람을 만나며 조금씩 다른 삶의 가능성을 엿보았던 것 같습니다. 그 시간들은 내게 자아를 되찾는 작은 통로였고 그런 공간에서 일상이 되는 삶은 어떤 모습일까 자연스럽게 상상하게 되었습니다.

퇴근 후엔 매일 세 시간씩 책상에 앉아 글을 썼습니다. 출판 계약을 마친 뒤에는 그 시간이 더없이 즐거웠습니다. 물론 출간은 여러 사정으로 지연되었지만 그 기다림 속에서 저는 또 다른 일을 준비하고 있었습니다. 주말마다 서울을 오가며 위스키 바

를 운영하는 대표님께 바의 기본을 배우기 시작했습니다. 바텐딩 기술은 물론이고 분위기를 구성하는 법, 손님을 응대하는 태도, 음악과 조명까지. 한 잔의 술을 매개로 어떤 경험이 완성되는지를 몸으로 익혀 갔습니다.

사람들은 다양한 이유로 퇴사를 결심합니다. 일이 너무 고돼서, 인간관계가 힘들어서, 건강이 나빠져서. 그런데 제 경우는 달랐습니다. 어떤 큰 사건이 있었던 게 아닙니다. 오히려 아무 일도 일어나지 않았기 때문에 그만두고 싶었습니다. 너무 많은 날들이 무감각하게 흘러갔고, 반복되는 리듬 속에서 나라는 존재가 점점 작아지는 기분이 들었습니다. 누군가는 배부른 소리라 할 수도 있겠죠. 혹은 요즘 애들 특유의 섣부른 결정이라 볼 수도 있겠습니다. 돌이켜보면 그 4년은 저에게 질문과 침묵으로 가득한 시간이었습니다.

회사를 그만두겠다고 소장님께 말씀드리던 순간의 공기가 생생히 기억납니다. 너무나 좋은 분들이었습니다. 배울 점이 많았고, 실무에서의 디테일한 감각들을 익히게 해주신 분들이었기에 단순히 개인 사유로 퇴사를 하는 것이 염치 없다고 생각했습니다. 그래서 솔직히 말씀드렸습니다. "저 사실 위스키 바를 공사하고 있습니다." 정적이 흘렀고 잠시 후 돌아온 반응은 이랬습니다. "뭘 한다고?", "정말 창업을 하려고?", "요즘 같은 시기에 자영업은 너무 위험하지 않아?", "건축사 자격증 따고 해도 괜찮지 않아? 건축사가 하면 공간이 더 달라 보이는 거야." 등등. 모든 말이 틀린 건 아니었습니다. 오히려 하나하나 다 맞는 말이었죠.

누구나 인생에서 한 번쯤은 전환기를 맞이합니다. 하지만 변화는 설렘과 동시에 불안한 법이죠. "여기가 아니면 안 돼.", "회사를 떠나면 개고생이야." 같은 믿음들이 사실은 나를 붙잡고 있는 끈이었는지도 모릅니다. 새로운 시작이 오히려 썩은 동아줄일 수도 있지만 제게는 오히려 잡고 있던 단단한 동아줄을 놓는 기분이었습니다. 변화는 두렵지만 마음 깊은 곳에서 올라온 그 부름에 응답했을 때 느껴지는 해방감은 분명했습니다.

바에 대한 기초를 배우던 시절, 처음 손에 쥔 지거Jigger[1]는 유난히도 무거웠습니다. 단순한 계량 도구일 뿐인데도 그 속에 어떤 책임감 같은 것이 실려 있는 듯한 기분이었죠. 손끝에 힘이 들어가 괜히 술을 흘릴까 봐 긴장했죠. 똑같은 도구, 똑같은 스테이션이었지만 손님으로 마주하던 공간과 안쪽에서 일하는 사

---

1 액체의 용량을 재기 위해 사용하는 도구

이야기가 시작되는
문 앞에서

람의 입장은 전혀 달랐습니다. '아, 이게 이렇게 어려운 거였구나.' 바텐더들이 익숙하고 우아하게 다뤘던 도구들이 이토록 낯설게 느껴진 적은 처음이었습니다. 수없이 마셔봤던 칵테일과 수없이 구경했던 바텐딩 동작들. 하지만 막상 그 동작을 직접 해보려 하니 전혀 다른 세계가 눈앞에 펼쳐졌습니다.

단순히 흔들면 될 줄 알았던 셰이킹에도 정확한 리듬과 얼음의 소리를 듣는 감각이 필요했습니다. 술을 계량하는 과정에서는 미세한 오차도 맛을 완전히 바꿔버린다는 걸 깨달았습니다. 그때는 모든 동작이 '어떻게 해야 자연스럽게 보일까'가 아니라 '어떻게 해야 사고 없이 끝낼 수 있을까'에 맞춰져 있었습니다. 지금 생각하면 그때의 제 모습은 제법 우스꽝스럽습니다. 바텐더로서 첫걸음을 떼는 사람이라기보다 서툰 실습생에 가까웠죠. 손목에 힘이 잔뜩 들어간 채 셰이커를 흔들고 레시피를 몇 번이나 다시 확인하고 레몬즙은 손가락 사이로 흘러내리고. 그럼에도 그 순간은 잊을 수 없습니다.

퇴근 후 바에서 혼자만의 시간을 보내던 날들이 떠올랐습니다. 그때 제가 느꼈던 평온함과 위로, 적당한 거리감과 기분 좋은 온기. 그 모든 것들이 한 잔의 술과 그 술을 만드는 사람의 손끝에 담긴다는 것을 깨닫게 되었죠. 단 몇 밀리리터의 차이로 칵테일의 균형이 달라지는 것을 경험하면서 저는 지거를 들고 술을 따를 때마다 신중해질 수밖에 없었습니다. 레시피대로 따라하는 간단한 숫자에도 다양한 변수가 있습니다.

레몬의 경우 그날의 온도나 숙성도에 따라 상태가 다르고 너무 세게 짜면 떫은맛이 나오기도 합니다. 얼음은 단순히 칵테일을 차갑게 만들기 위한 존재가 아니었습니다. 셰이킹을 너무 많이 하면 얼음이 과하게 녹아버려 술이 묽고 밋밋한 맛이 되어버립니다. 또 반대로 충분히 흔들지 않으면 재료들이 고루 섞이지 않아 균형 잡힌 맛이 살아나지 않죠. 깨끗하고 단단한 얼음을 통해 녹는 속도를 조절하고 얼음이 잔 안을 돌며 내는 소리와 움직임까지 고려해야 했습니다.

이제는 손에 지거를 쥐고도 망설이지 않습니다. 처음 칵테일을 만들었던 날의 두려움과 긴장도 이제는 모두 제 일부가 되었습니다. 그날의 낯설고 서툰 시작이 없었다면 아마 지금의 바 '산문'은 없었을 겁니다. 바를 운영한다는 것은 생각보다 훨씬 더 다면적이었습니다. 단지 술을 팔고 공간을 열어놓는 것이 아니라 수많은 사소한 동작과 감정, 시선과 마음들이 만나 이루어지는 일이었으니까요. 그리고 그 시작은 언제나 그렇듯 작고 서툰 첫 경험에서부터 출발하는 법입니다.

이야기가 시작되는
문 앞에서

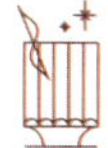

　　지인들에게 처음 포부를 이야기했을 때 다들 고개를 갸웃했습니다. "독서 모임 회원이 100명 채워지면 바를 열겠다고?" "책 읽는 모임이랑 바랑 무슨 상관이야?" "100명이 뭐 그렇게 큰 의미가 있겠어?" 대체로 웃으며 던진 말에서 저는 꽤 많은 진심을 마주했습니다. 어쩌면 제일 먼저 스스로에게 물었던 것이었는지도 모릅니다. 100명이라는 숫자에 괜히 의미를 부여하며, 스스로 선택에 대한 확신을 얻고 싶었던 것일지도 모릅니다. 지금도 가끔 가게 문을 열고 닫을 때마다 저는 조용히 되묻습니다.

　　'왜 하필 바였을까?'

단순히 사업 아이템에 대해 묻는 것이 아니었습니다. 카페 대신 바를, 서점 대신 술집을 선택한 의도, 책과 술이라는 어울리지 않을 듯한 조합을 택한 결정도 그 핵심은 아니었습니다. 어떤 방식으로 삶을 바라보고 어떤 풍경 속에서 살아가고 싶은지를 향한 질문이었습니다. 결국 내가 어떤 자리에서 누구와 어떤 시간을 나누며 살아가고 싶은지를 스스로에게 묻는 일이었습니다. 그 답을 찾기까지는 오랜 시간이 필요했습니다.

어느 날 생각지도 못한 질문을 들었을 때나 너무 많은 것들이 함축된 질문에 직면했을 때 저는 이렇게 대답합니다. "그러게요." 혹은 "그냥요." 아무 의미 없어 보이는 그 말들을 속으로 곱씹다 보면 그 안에 여러 진심이 담겨 있다는 사실을 뒤늦게 깨닫곤 합니다. 바를 연 이유도 시간이 지날수록 막막함 속에 나만의 분명한 방향이 숨어 있다는 걸 알게 되었습니다.

저는 줄곧 술을 좋아했습니다. 돌이켜보면 술 그 자체보다는 술을 매개로 한 자리를 좋아했던 것 같습니다. 허심탄회한 대화가 가능해지는 자리, 사적인 이야기도 서슴없이 건넬 수 있는 분위기, 혹은 말없이 잔을 부딪히는 것만으로도 위로가 되는 시간. 저는 그런 자리에 마음이 끌리곤 했습니다. 가볍게 웃는 이야기부터 삶의 중심을 관통하는 질문까지 오갈 수 있는 자리가 좋았습니다. 술은 늘 그 자리를 중심으로 놓여 있었고 그래서 술을 좋아한다고 말했던 것뿐이었는지도 모릅니다.

책도 좋아했습니다. 페이지를 넘기는 행위를 넘어 책을 읽은 후의 대화를 좋아했던 것 같습니다. 누군가와 함께 읽고 그 안에서 각자의 생각을 꺼내며 전혀 다른 인상을 나누는 시간들. 책은 생각을 꺼내는 실마리였고 그 실마리는 마침내 누군가와 마음을 나누는 대화로 이어졌습니다. 저는 그런 연결의 순간이 좋았습니다. 책뿐만 아니라 책을 읽는 사람들, 그리고 그 사람들이 만들어내는 공기의 결을 좋아했던 것 같습니다.

결국 책도 술도 사람과 이어지는 감각이었습니다. 취향은 달라도 같은 관심사로 모인 사람들이 서로를 알아가는 과정 속에서 저는 늘 묘한 안도감을 느꼈습니다. 낯설지만 왠지 익숙한 분위기, 조심스럽고 따뜻한 말들. 굳이 묻지 않아도 전해지는 정서가 오갈 때면 말로는 다 담기지 않는 공감의 온기를 느끼곤 했습니다. 그래서였을까요. 카페 대신 바를, 서점 대신 술집을 선택한 이유가요.

바라면 그런 자리가 될 수 있지 않을까. 모두가 친구가 될 필요는 없지만 누구나 혼자라는 감각에서 잠시나마 벗어날 수 있는 곳. 아무도 질문하지 않지만 언제든 말할 수 있는 곳. 바에 앉아 술 한 모금 마시는 것만으로도 오늘 하루의 무게를 내려놓을 수 있는 자리. 그런 공간이 지금 이 도시에 분명히 필요하다고 느꼈습니다. 그런 공간을 제가 만들 수 있다면 어떨까 상상하기 시작했습니다.

공간을 상상하면서 그 안을 채우고 있는 사람들의 모습도 떠올려 봤습니다. 자리가 꽉 찼을 때의 활기찬 분위기, 공간이 텅 비었을 때의 적막한 고요, 그리고 그 가운데 앉아 있는 사람들의 표정들. 누군가는 웃고 있을 수도 있고 또 누군가는 조용히 책을 읽거나 말없이 일기를 쓰며 하루를 정리할지도 모릅니다. 처음 온 자리에서 용기 내 말을 거는 이가 있는가 하면 오랜 단골처럼 익숙한 눈빛에 멋쩍은 웃음을 짓는 이도 있을 겁니다. 그렇게 다양한 사람들의 감정이 겹겹이 쌓인 공간을 저는 오래도록 상상했습니다.

바에 손님으로 앉아있던 시절, 저도 그런 위로를 느낀 적이 많았습니다. 힘든 날에는 말없이 위스키 한 잔에 기대기도 했습니다. 세종을 찾은 고향 친구들에게 괜찮은 곳이 있다며 자랑하듯 안내하던 곳. 저에게는 바가 여전히 그런 공간입니다. 어떤 날은 칵테일의 맛에 반했고 어떤 날은 바에서 흐르는 음악 한

곡에 마음이 움직였습니다. 그런 공간과 순간들이 제게는 삶의 균형을 다시 잡게 해준 언어가 돼주었습니다. 그런 경험들을 오래도록 기억하고 싶었습니다. 그리고 언젠가 그런 공간을 내 손으로 만들어보고 싶다는 꿈을 품게 됐습니다.

현직에 계신 바텐더들과 오래도록 이 업계에 몸담아온 분들이 보시기에는 제가 꽤 생경한 존재일지도 모릅니다. 어쩌면 무모하고 가볍게 느껴질 수도 있겠지요. 바텐더로서의 정식 수련도 받지 않았고 화려한 경력을 갖고 있는 것도 아니니까요. 그런 의미에서 저는 그들을 경쟁 상대로 보기보다는 오히려 선망의 대상으로 바라보고 있습니다. 그들의 손끝에서 만들어지는 칵테일 하나하나는 단순한 음료가 아니라 그날의 분위기를 감싸는 연출이자 손님을 읽는 감각의 결과물이었습니다.

어떤 바들은 메뉴판이 없습니다. 술의 종류가 너무 많아서 선택의 피로를 줄이기 위해서이기도 하지만 손님의 기분과 상태를 직접 듣고 느끼기 위함이기도 하지요. 취향이 뚜렷한 분에게는 그가 좋아하는 스모키한 위스키를, 아직 자신의 취향을 찾지 못한 분에게는 취향을 물으며 함께 고민합니다. 이야기를 나누다 보면 손님의 취향보다 그날의 분위기에 맞는 술을 추천하게 됩니다. 손님의 하루와 술잔 사이에 조심스레 감정을 따르는 일은 꽤 낭만적입니다.

　저는 줄곧 그런 자리를 만들고 싶었습니다. 또 그런 장면을 만들어내는 사람이 되고 싶었습니다. 여전히 술이 좋고 책이 좋고 사람의 마음을 조용히 들여다보는 순간이 좋습니다. 누군가는 조용히 자신의 시간을 음미하고 누군가는 낯선 이와 자연스럽게 눈을 마주치며 말없이 고개를 끄덕일 수 있는 공간. 누구의 취향도 쉽게 판단되지 않고 누구의 이야기도 가볍게 흘러가지 않는 자리. 각자의 방식으로 존재할 수 있는 이 공간을 저는 앞으로도 천천히 그리고 오래도록 만들어가고 싶습니다.

　이제 '왜 하필 바였을까'라는 질문은 제게 이렇게 바뀌었습니다. '이 자리가 아니었다면, 나는 나를 이렇게까지 이해할 수 있었을까?' 그래서 바랍니다. 이곳을 찾아오는 이들 또한 언젠가 자신만의 자리에서 스스로의 삶을 이해하기를, 각자의 자리에서 그 질문에 자신만의 답을 할 수 있기를.

같은 자리, 다른 마음

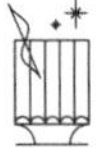

　　"행복한 가정은 모두 비슷한 이유로 행복하지만 불행한 가정은 저마다의 이유로 불행하다."

　　톨스토이의 『안나 카레니나』(민음사, 2009)에 나오는 이 문장은 가정이라는 공동체를 관통하는 말처럼 느껴졌습니다. 그러다 바를 운영하며 술을 마시는 사람들의 표정과 사연을 들여다보기 시작하면서 이 문장이 가정에만 국한된 말이 아니라는 생각이 들었습니다. 기분 좋게 웃으며 앉아 있는 사람, 말없이 눈시울을 붉히는 사람, 오랜만의 재회를 축하하는 사람, 누구에게도 털어놓지 못했던 이야기를 조용히 꺼내는 사람. '바'는 결국 행복과 불행이 나란히 앉는 공간이라는 생각이 들었습니다.

행복한 사람들은 바에 와서도 비슷한 얼굴을 하고 있습니다. 부드럽게 웃으며 앉아 있고, 가끔 잔을 들어 상대의 눈을 마주치고, 짧은 칭찬을 건네거나 하루의 끝을 안도하는 한숨과 함께 술을 마십니다. 말은 많지 않아도 그 사이사이에는 따뜻함이 흐릅니다. 재회, 휴식, 데이트, 기념일 같은 명확한 이유를 갖고 이곳을 찾은 사람들은 대체로 바의 분위기를 맞추며 잔을 기울입니다. "오늘 하루 수고했어."라는 말 대신 그냥 기분 좋은 한 잔으로 이야기를 대신합니다.

조용히 시작된 술자리는 잔이 비워질수록 조금씩 말수가 늘고 웃음소리는 자연스럽게 공간을 메웁니다. 서로의 잔을 들어 보고 "이거 한 모금 마셔볼래요?" 같은 제안이 오가며 분위기는 부드럽게 녹아듭니다. 함께 웃고 함께 들어주는 작은 의식들이 이들의 행복을 조용히 증명합니다. 간혹 계산서를 두고 실랑이를 벌이는 모습까지도 미소가 배어 있습니다. 그들은 바를 나설 때도 가벼운 걸음으로 돌아갑니다. 술이 전한 기분 좋은 취기와 함께.

반면에 불행의 모습은 늘 예상 밖의 얼굴로 다가옵니다. 처음엔 멀쩡해 보이다가 어느 순간 혼잣말처럼 한숨이 흘러나오고 입을 다문 채 오래도록 잔만 들여다보는 손님들. 혼자서 위스키를 천천히 세 잔쯤 마신 뒤에야 겨우 말을 꺼내는 분도 있습니다. "오래 만난 연인과 헤어졌어요." "이 일은 나랑 맞지 않는 것 같아요." "요즘은 그냥… 집에 가기 싫어서요." 그 말들에는 해명이나 변명이 섞여 있지 않고, 어딘가 힘겨운 무게가 묻어납니다. 바는 말보다 표정과 숨소리를 먼저 읽는 공간이기도 하니 저는 그저 조심스럽게 잔을 채워드릴 뿐입니다.

바텐더는 듣는 사람입니다. 이야기를 이끌어내는 사람이기도 하지만 말없이 받아들이는 사람이기도 합니다. 손님의 감정이 말이나 표정으로 흘러나올 때, 저는 늘 같은 자리에서 잔을 닦고 있습니다. 어떤 날은 가볍게 웃어주고 어떤 날은 아무 말 없이 고개를 끄덕이며 잔을 채워줍니다. 바 테이블이 묘하게도 관계의 거리를 허물기도 하고 보호막처럼 유지해주기도 합니다. 직장 동료도 아니고 친구도 아닌 익명의 누군가와 만나게 되는 곳. 이해관계가 얽혀 있지 않다는 안도감이 마음을 열게 합니다. 그 낯섦이 오히려 편안함이 되기도 합니다.

손님과 단 한 마디도 나누지 않은 날도 있습니다. 그는 모퉁이에서 노트북을 펼쳐 긴 시간 무언가를 쓰고 있었고 저는 멀찍이 떨어진 바 한편에서 조용히 잔을 닦고 있었죠. 그는 아무 말도 하지 않았고 저도 굳이 말을 걸지 않았습니다. 몇 시간이 흐른 뒤 그는 조용히 잔을 다 비우고 계산대 앞에 섰습니다. "이 공간이 좋아요. 아무말 없어도 편안한 곳은 흔치 않잖아요. 혼자여도 고요하게 머물 수 있으니까요" 때로는 침묵이 말보다 많은 위로를 건넨다는 걸 실감하는 날이었습니다.

바텐더는 매일 뉴스를 보라는 말이 있습니다. 하나하나 자세히 읽지 않더라도 헤드라인이라도 훑어보며 세상의 흐름을 알고 있으라는 뜻입니다. 그래야 어떤 손님이 어떤 이야기로 문을 열고 들어오든 자연스럽게 이야기의 끄트머리를 붙잡아줄 수 있기 때문입니다. 뉴스는 손님과의 첫마디를 자연스럽게 열어주는 열쇠 같은 역할을 합니다. 날씨 이야기부터 시작해 영화, 연예인, 경제까지. 그가 꺼내는 화제를 놓치지 않고 받아주려면 세상의 흐름을 놓쳐선 안 됩니다.

저는 뉴스와 함께 책을 자주 보곤 합니다. 그렇다면 책은 왜 읽을까요. 뉴스가 대화의 시작을 돕는다면 책은 위로의 순간을 준비하게 해줍니다. 누군가의 마음이 금이 가 있음을 느낄 때 아무 말도 하지 않아야 할지, 아니면 조심스레 말을 건네야 할지, 혹은 어떤 단어로 시작해야 할지 힌트를 주는 건 결국 책에서 쌓인 감각입니다. 위로란 얼마나 조심스럽게 말할 수 있느냐의 문제니까요. 그 조심성은 책을 읽으며 배우려고 합니다. 수많

이야기가 시작되는
문 앞에서

이야기가 시작되는
문 앞에서

은 이야기 속 타인의 마음을 들여다보며 배우게 되는 일종의 훈련이죠.

시간이 지나면서 알게 된 바텐더에게 가장 필요한 재능은 손재주보다 감각이라는 것입니다. 분위기를 읽는 감각, 사람의 표정을 해석하는 감각, 말과 말 사이의 온도를 느끼는 감각. 물론 칵테일을 맛있게 만드는 감각도 포함되어 있습니다. 그 감각이 예민할수록 더 많은 이야기를 들을 수 있습니다. 위로의 말이란 늘 정답이 있는 것이 아니니까요. 언젠가 무심코 던진 한 문장이 누군가의 마음에 가닿을지도 모른다는 생각으로 저는 오늘도 책을 읽습니다.

바는 하루의 마무리를 위해 마음 놓고 가는 곳이기를 바랐습니다. 기분 좋은 날엔 웃으며 술을 마시고 괜찮지 않은 날엔 울면서 마셔도 되는 곳. 행복의 형태가 대체로 비슷하다면 불행의 얼굴은 각기 다릅니다. 어떤 사람은 침묵으로 어떤 사람은 분노로 또 어떤 사람은 눈물이나 웃음으로 표현합니다. 그들이 말없이 앉아 있기만 해도 괜찮은 자리를 마련해두고 싶습니다. 어쩌면 위로는 말보다 먼저 자리를 내어주는 일이니까요.

사람들이 바를 찾는 이유는 단순히 술 때문만은 아닙니다.

집도 회사도 아닌 제3의 공간, 누구도 방해하지 않고 누구도 간섭하지 않는 여유를 위해 찾아오는 것 같습니다. 어떤 이에게는 하루의 끝을 닫는 마지막 문이 되고, 또 다른 이에게는 지친 마음을 잠시 내려놓는 여백이 됩니다. 이 공간은 위로를 약속하지 않습니다. 말이 없어도 괜찮고 감정을 숨기지 않아도 됩니다. 그렇게 머물다 보면 술잔 속에서 조금씩 자신을 되찾아가는 사람들을 봅니다.

우리는 누구나 행복을 꿈꾸며 살아가지만 누구도 불행을 피해갈 수는 없습니다. 그 사이 어딘가 경계에서 하루하루를 견뎌내는 이들이 있습니다. 저는 이곳이 그들에게 잠시 앉아 숨을 고를 수 있는 공간이 되길 바랍니다. 어떤 밤은 조용히 스쳐가고 또 어떤 밤은 오래도록 기억되기를. 잔을 놓고 가며 마음도 놓고 갈 수 있는 그런 바로 기억되길 바랍니다. 제가 그랬듯 그 기억이 다음 날을 살아갈 힘이 되기를 바라면서요.

이야기가 시작되는
문 앞에서

첫 손님,
그리고 올드패션드

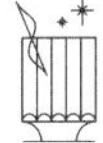

바 '산문'은 2024년 5월 23일 처음 문을 열었습니다. 외부 간판도 없이 희미하게 불이 켜진 외진 건물 3층의 한 구석. 아는 사람만이 찾아올 수 있는 비밀스럽게 숨겨놓은 공간 같은 바였습니다. 새로운 손님이 찾아오기 쉽지 않은 조건이었지만 누군가 그 정적을 깨며 문이 열렸습니다. 첫 손님이었습니다. 무채색 계열의 재킷을 입고 있던 남자. 그는 말없이 자리에 앉아 메뉴를 훑더니 조용히 한마디 꺼냈습니다. "올드패션드 한 잔 부탁드립니다."

생각지 못한 첫 주문이었습니다. 위스키와 칵테일 바라고는 하지만 첫 잔은 스트레이트 위스키일 거라 막연히 생각했거든요. 그런데 첫 주문은 칵테일, 그것도 클래식 중의 클래식인 올드패션드였습니다. 처음 바텐딩 세계에 발을 들였을 때 셰이킹은 커녕 스터Stir[2] 하나도 서툴던 때의 기억이 떠올랐습니다.

올드패션드는 셰이커도, 복잡한 기법도 필요 없는 단순한 술입니다. 그러나 그 단순함 속엔 믿을 수 없는 섬세함이 숨어 있습니다. 수없이 연습하며 손에 익혔지만 막상 첫 주문 앞에서는 미세하게 손끝이 떨렸습니다. 심장은 평소보다 조금 더 빠르게 뛰었고 처음 이 일을 배우던 시절, 새벽마다 연습하던 모습이 불현듯 떠올랐습니다. 지거를 쥔 손은 더 조심스러워졌고 실수 없이 완벽하게 만들어내고 싶은 마음을 동작 하나하나에 담기 시작했습니다.

먼저 바의 한 켠에 놓아둔 큐브 설탕을 꺼냈습니다. 앙금처럼 작고 단단한 조각 하나가 이 칵테일의 시작입니다. 잔에 큐브 설탕을 넣고 비터스Bitters[3]를 2 대시Dash[4]. 그리고 탄산수 몇 방울을 더해 살짝 적셔주고 위에 머들러Muddler[5]를 가져가 천천히

---

2 칵테일 제조 기법 중 하나로, 주로 바 스푼을 사용하며 음료를 저어서 섞는 행위
3 식물성 원료를 알코올에 담가 추출한 고농축 향미료. 칵테일의 맛 균형을 잡고 향미를 더하는 데 사용
4 계량컵 없이 병을 한 번 흔들어 쏟아붓는 소량의 단위로, 비터스와 같은 향미 첨가제를 넣을 때 사용하는 표현
5 칵테일 도구 중 하나로, 재료를 으깨 즙을 내는 데 사용

으깨기 시작했습니다. 큼직한 얼음 위에 으깬 각설탕과 버번 위스키를 천천히 부었습니다. 이어서 바스푼으로 조심스레 저으며 위스키와 설탕, 비터스가 고르게 섞이도록 했습니다. 바스푼이 잔 안을 한 바퀴 돌 때마다 긴장도 조금씩 풀려나갔습니다.

마지막으로 오렌지 필을 잔 위에 비틀어 뿌리고 조심스레 손님 앞으로 밀었습니다. "올드패션드입니다." 그는 조용히 잔을 들고 천천히 한 모금 마셨습니다. 짧은 침묵이 흐른 뒤 그가 고개를 살짝 끄덕이며 말했습니다. "맛있네요." 그 짧은 한마디에 저는 온몸으로 안도했고 동시에 감동했습니다. 아마 제가 잊지 못할 첫 번째 칭찬이었을 겁니다.

"여기 얼마 전에 생긴 곳 맞죠? 오픈한 지 얼마나 됐나요?" 저는 웃으며 "맞아요. 며칠 안 됐습니다."라고 답했죠. 일부러 그가 첫 손님이라는 건 말하지 않았습니다. 왠지 고요한 분위기를 깨고 싶지 않았거든요. 어쩌면 그가 가진 기운 때문이었는지도 모르겠습니다. 좀 더 솔직하게 말하면 첫 손님이라는 사실이 조금은 부끄러웠는지도요. 아직 아무것도 증명하지 못한 공간에 누군가 먼저 발을 들여줬다는 게 감동스러우면서도 조심스러웠습니다.

그는 위스키와 칵테일을 좋아해서 새로운 바가 생기면 꼭 한 번씩 들러본다고 했습니다. 세종에 이런 바가 생긴 게 반갑다고, 앞으로 자주 오겠다고 말하며 한 모금 남긴 잔을 천천히 내려놓았습니다. 그날 문을 나서는 그의 뒷모습을 바라보며 저는 마음속으로 조용히 되뇌었습니다. '산문이라는 이름으로 시작한 이 공간에 프롤로그를 써 준 사람.'

첫 손님과의 대화가 끝난 뒤 바 안에는 다시 고요가 찾아왔습니다. 그건 문을 열기 전의 적막과는 달랐습니다. 누군가의 목소리, 잔의 움직임, 그리고 올드패션드의 여운이 잠시 머물다 간 뒤의 고요는 묘하게 다채롭고 따뜻했습니다. 텅 빈 원고지에 첫 문장을 적고 난 후의 여백처럼 어쩐지 결이 달라져 있었습니다. 불을 끄고 의자들을 정리하는 내내 제 마음은 이상하게도 가벼우면서 무거웠습니다. 가벼웠던 것은 드디어 첫 손님을 맞이했다는 안도감 때문이었고 무거웠던 것은 이제부터 이 공간이 진짜로 시작되었다는 책임감 때문이었습니다.

그분은 아마 알지 못했을 겁니다. 그가 무심히 주문한 한 잔이 저에게 얼마나 큰 의미였는지를. 그는 그저 새로운 바 소식에 호기심을 품고 찾아왔을 뿐이었겠지요. 그의 존재는 제게 큰 위로이자 격려가 되었습니다. '아직 아무도 오지 않은 곳'이라는

이야기가 시작되는
문 앞에서

불안은 조금씩 녹아내렸습니다. 그날 이후 바의 문을 열 때마다 저는 그가 남기고 간 첫 잔의 기억을 떠올렸습니다.

저는 가끔 상상합니다. 언젠가 다시 그가 찾아와 또다시 올드패션드를 주문한다면 어떤 마음으로 만들게 될까. 아마도 여전히 손끝은 떨리겠지만 그건 불안이 아니라 감사한 마음일 것입니다. 그제야 저는 솔직히 말할 수 있을지도 모릅니다. "당신이 산문의 첫 손님이었습니다. 당신이 주문한 올드패션드가 이곳의 첫 문장이었어요."

올드패션드는 참 묘한 술입니다. 단순하고 정직해 보이지만 마실수록 느껴지는 복합적인 향과 맛은 말수 적은 사람과의 대화 같습니다. 처음엔 과묵하지만 점점 깊은 이야기를 꺼내는 사람. 처음 이 바에 앉았던 그 손님처럼요. 그는 술을 주문한 것이 아니라, 이곳의 첫 페이지를 열었습니다. 올드패션드는 제게 단순한 칵테일이 아닙니다. 산문의 첫 문장이자 제가 바텐더로서 할 긴 이야기를 예고하는 짧은 서문입니다.

이야기가 시작되는
문 앞에서

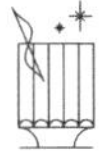

　　산문은 일정한 형식과 정형에 얽매이지 않고 자유로운 문장으로 쓴 글을 뜻합니다. 삶도 마찬가지입니다. 계획대로 흘러갈 것처럼 보이지만 예상치 못한 우연과 선택, 불가피한 후퇴와 망설임으로 만들어집니다. 운율이나 율격이 없어도 글이 되는 것처럼 완벽한 구조가 없어도 삶은 결국 한 편의 이야기로 남습니다. 그 자유롭고도 불완전한 아름다움을 닮은 공간을 만들고 싶었습니다. 그래서 이곳의 이름을 '산문'이라 지었습니다.

　　산문이라는 이름을 결정했을 때부터 이곳이 전형적인 위스키 바가 되지 않기를 바랐습니다. 도심 한복판의 무겁고 어두운 조명, 묵직한 대리석 바, 차가운 금속 빛으로 번쩍이는 술장과는 다른 무언가. 한 걸음 들어섰을 때 자연스레 긴장이 풀어지고 마치 오래된 친구의 집에 초대된 것처럼 편안함을 느끼는 공간을 꿈꿨습니다. 바의 상판도 대리석 대신 새하얀 소재를 선택했고 벽면은 흰색으로 칠했으며 술장 역시 웅장하게 짜지 않았습니다. 대신 한쪽 벽면에 술이 자연스럽게 놓인 구조를 만들었습니다.

한편에는 위스키를 즐기며 책을 읽을 수 있는 작은 서재 같은 공간도 마련했습니다. 책과 술이라는 조합이 어색하게 느껴질 수도 있지만 저는 이 묘한 조화 속에서 새로운 경험을 선사하고 싶었습니다. 서재에 놓인 책들은 제 취향대로 골랐습니다. 시집, 에세이, 여행기, 그리고 철학서까지. 어떤 책은 스스로를 위로하기 위해, 어떤 책은 혼란스러운 삶의 장면들을 이해하고 싶어 꺼내 들었습니다. 바를 찾은 누군가가 무심코 꺼낸 한 권에서 작은 위로를 얻거나 잠시라도 생각의 쉼표를 찍을 수 있기를 바라면서요.

서재를 보면 그 사람이 어떤 사람인지 알 수 있다고 하죠. 어떤 책을 골랐는지, 어떻게 정리했는지, 어떤 구절에 밑줄을 그었는지. 그런 작은 디테일들 속에 취향과 세계관이 고스란히 묻어

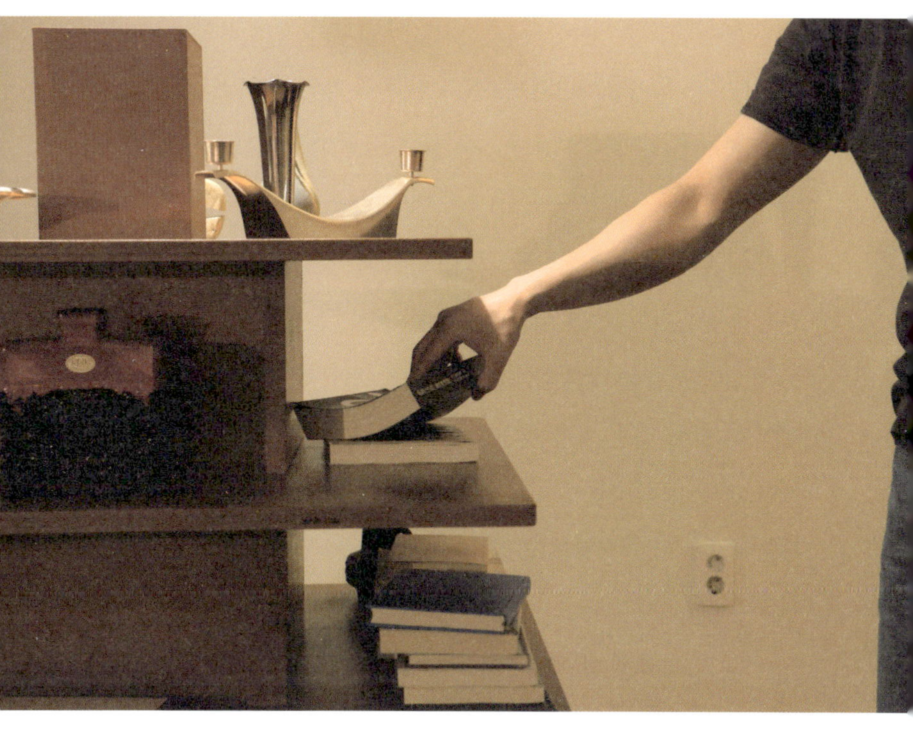

납니다. 저는 바도 마찬가지라고 생각합니다. 술을 어떤 순서로 진열했는지, 메뉴판에 무슨 설명을 덧붙였는지, 선반 위에 놓인 작은 소품들, 잔의 모양과 크기, 의자의 높이와 쿠션까지. 모든 디테일에는 주인장의 생각과 취향이 깃들어 있습니다.

저는 바 투어를 좋아합니다. 낯선 바를 방문해 그곳의 공기를 느껴보곤 합니다. 새로운 도시를 여행할 때면 반드시 그 지역의 작은 바를 찾아가곤 합니다. 어떤 바는 문을 열자마자 화려한 금속 장식과 스포트라이트가 번쩍이며 세련되고도 냉정한 인상을 남깁니다. 반면 어떤 바에서는 문을 열자마자 오래된 나무 냄새가 코끝을 간지럽히고 낮게 깔린 조명과 손때 묻은 나무 테이블, 벽에 걸린 빛바랜 그림들이 따뜻한 분위기를 만들어냅니다. 그런 곳에서는 굳이 많은 말을 하지 않아도 좋습니다. 침묵조차 하나의 언어처럼 공간을 채우고 있으니까요.

바의 정체성은 단순히 인테리어에 머물지 않습니다. 주인장이 술을 따르는 손길, 손님을 맞이하는 눈빛, 대화를 이어가는 방식, 음악을 고르는 취향. 그런 것들까지 모두 공간의 분위기를 만들어갑니다. 어떤 바에서는 위스키에 대한 깊은 지식을 나누려는 열정이 느껴지고, 또 어떤 바에서는 손님의 기분을 조심스럽게 읽어내려는 배려가 느껴집니다. 정답은 없습니다. 다만 주인장의 고유한 방식이 있을 뿐입니다.

100개의 바가 있다면 100개의 정체성이 있습니다. 바는 서로 경쟁할 필요가 없습니다. 어디가 더 좋은 바인지, 어떻게 더 성공한 바인지 비교하는 것은 무의미합니다. 각각의 바는 그 자체로 완성된 하나의 세계입니다. 주인장의 경험과 취향, 시간과 꿈이 녹아든 고유한 공간입니다. 그래서 어떤 바는 조용한 위로를 건네고 어떤 바는 시끌벅적한 에너지로 사람을 끌어당깁니다. 누군가에게는 잊지 못할 밤의 배경이 되고 누군가에게는 아무 말 없이 머물 수 있는 안식처가 되기도 하지요. 그렇게 각자의 방식으로 존재합니다.

그렇기에 더 다채로운 정체성을 가진 공간들이 이 도시에 생겨나기를 바랍니다. 사람들은 저마다 다른 이유로 바를 찾습니다. 어떤 날은 조용히 생각을 정리하고 싶고, 어떤 날은 신나게 웃고 싶고 또 어떤 날은 그냥 말없이 머물고 싶기도 합니다. 다양한 정체성을 가진 바들이 많아진다면 사람들은 그날그날의 기분에 맞는 밤을 고를 수 있을 것입니다. 어떤 날은 차가운 대리석을, 어떤 날은 따뜻한 나무를, 어떤 날은 무겁고 진지한 대화를, 또 어떤 날은 가벼운 농담을.

　　이곳 역시 많은 선택지들 중 하나로 남고 싶습니다. 어떤 날 누군가가 조용히 책 한 권을 펼치고 싶을 때, 또는 잔을 기울이며 편안한 대화를 나누고 싶을 때 '산문'을 떠올리기를 바라면서요. 책과 술, 그리고 서두르지 않는 대화가 어우러지는 곳에서 사람들이 저마다의 이야기를 조용히 이어갈 수 있기를 바랍니다. 그것이 제가 위스키 바 '산문'을 시작하며 품었던 솔직한 바람입니다.

　　이 공간의 바탕에는 두 가지 키워드가 있습니다. '자유로움' 그리고 '사람'. 단순히 술을 마시는 곳을 넘어 저마다의 삶이 자연스럽게 스며들고 교차하는 자리이길 바랐습니다. 낯선 도시에서 머물 자리를 찾는 이들과 오랜 시간 한자리를 지켜온 이들이 같은 테이블에 앉아 이야기를 나눌 수 있다면 그 자체로 충분히 의미 있는 시도라 여겼습니다. 그래서 이곳에서는 때때로 작은 모임이 열립니다. 생각을 나누는 독서 모임, 다양한 분야의 강연, 생면부지의 이들이 마주 앉아 삶의 조각을 나누는 게더링까지. 서로의 다름을 이해하고 잠시라도 같은 방향을 바라볼 수 있는 자리를 만드는 일에 마음을 쏟아왔습니다.

　　위스키 바에서 이런 일들이 벌어지는 것이 어색하게 느껴질 수도 있겠지요. 하지만 제가 꿈꾸는 바는 단지 술잔을 기울이는

이야기가 시작되는
문 앞에서

곳이 아니라 사람들이 각자의 이야기를 들고 와도 괜찮은 공간
입니다. 깊은 대화가 오가고 다양한 배경의 삶들이 조용히 겹쳐
지는 순간들. 그것이 '산문'이 지향하는 가장 자연스럽고도 아름
다운 풍경입니다. 이곳에서 누구나 자신만의 이야기를 써내려
갈 수 있기를 바랍니다. 그렇게 자유롭게, 그렇게 사람답게.

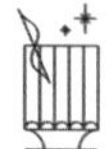

　　어린 시절 저는 하루 빨리 어른이 되고 싶었습니다. 어른이 되면 더 이상 아무것도 두렵지 않을 거라고, 하고 싶은 걸 마음껏 하며 살 수 있을 거라고 막연히 믿었습니다. '어른이 되면 모든 걸 알게 되겠지.' '어른이 되면 내 마음대로 살 수 있겠지.' 어디선가 들었던 어른들의 말투를 흉내 내기도 하고 잘 맞지 않는 어른 옷을 걸쳐보기도 했습니다. 가끔은 이해하지 못하는 어른들의 이야기에 고개를 끄덕이며 어른 흉내를 냈습니다.

　　그렇다면 우리는 언제, 어떻게 어른이 되는 걸까요? 나이를 먹는다고 어른이 되는 걸까요? 사회적 책임을 지기 시작할 때부터일까요? 막상 어른이 되어 마주한 세상은 생각보다 복잡하고 무거웠습니다. 기대했던 자유보다 책임이 먼저였고 하고 싶은 것보다 해야 하는 것이 훨씬 많았습니다. 어른이 된다는 건 결국 참는 법을 배우는 일이 아닐까 생각합니다. 울고 싶어도 웃어야 하고 무너지고 싶어도 버텨야 했지요.

어른이 되면 무엇보다도 나의 선택과 행동을 평가해주는 사람도 점점 줄어듭니다. 어릴 땐 그게 그렇게 싫었습니다. 혼나는 건 늘 부끄럽고 억울하고 속상한 일이었죠. 선생님이 나무랄 때면 괜히 눈물이 핑 돌았고 부모님의 훈계를 듣고 방문을 쾅 닫기도 했습니다. 하지만 이제는 누가 뭐라 하지 않습니다. 친구들 사이에도 조심스러운 침묵이 흐르고 동료들 사이에는 예의가 자리 잡습니다. 잘못한 걸 알아도 대놓고 말해주는 사람은 없습니다. 관계가 틀어질까 망설이다 결국 아무 말도 하지 않게 됩니다.

그러다 문득 아무도 나에게 어떤 훈수도 두지 않는다는 사실이 쓸쓸하게 다가옵니다. 혼나지 않는다는 건 내가 잘하고 있어서가 아니라 아무도 내게 기대하지 않는다는 뜻처럼 느껴지기도 합니다. 누군가가 진심으로 쓴 소리를 해줬던 날들이 오히려 그리워지기도 합니다. 그래서 가끔은 혼나고 싶다는 생각이 듭니다. 그건 아니라고 말해줄 누군가가 있었으면 좋겠다는 생각. 혼날 수 있다는 건 여전히 내가 누군가의 시야 안에 있다는 뜻이고 아직 배울 여지가 있다는 뜻이기도 하니까요.

이제는 그런 피드백조차 스스로 만들어내야 합니다. 나 자신에게 쓴소리를 해야 합니다. 내 행동을 돌아보고 '이건 좀 아닌 것 같은데?'라고 묻는 일. 자기 자신에게 솔직해진다는 건 생각보다 어렵고 고단한 일입니다. 매일의 감정을 들여다보고 언행을 되짚으며 내가 어떤 사람으로 살아가고 있는지를 점검해야 하니까요. 실수를 외면하고 싶을 때도 많고 잘한 것만 부각시키고 싶은 유혹도 생깁니다. '그 정도면 괜찮았지.'라고 스스로를 달래기도 하고, '그 사람도 예민했던 거야.'라며 책임을 외부로 미루는 일도 쉽습니다.

그럼에도 불구하고 스스로에게 정직해지려고 노력하는 건 어른이 되어가는 과정의 일부일 것입니다. 혼나지 않아도 꾸중이 없어도 스스로를 다듬고 고쳐가는 것. 내면의 목소리에 귀 기울이고 불편한 진실 앞에 멈춰 서는 일. 어른이 된다는 건 결국 그 고요한 싸움 속에서 조금씩 나아가는 것을 의미하는지도 모릅니다.

처음 이곳을 상상할 때 단지 술을 파는 공간을 만들고 싶었던 것이 아니었습니다. 누구도 나를 꾸짖지 않고 침묵과 외면 속에서 스스로를 되돌아봐야 하는 조용한 싸움. 그 싸움이 지나치게 고단하지 않도록 잠시 숨을 고를 수 있는 공간이 있었으면 했습니다. 바깥세상의 시선과 소음에서 잠시 떨어져 내면의 목소리에 집중할 수 있는 장소. 때로는 그런 고요한 공간 하나가 우리가 다시 나아갈 힘을 얻게 해주니까요.

이곳은 번화한 중심 상권을 벗어난 한적한 건물 3층 구석에 자리하고 있습니다. 바깥 거리의 소음은 어쩐지 이곳까지는 닿지 않는 듯 고요합니다. 마음먹고 찾아온 사람들도 때로는 이 건물을 지나쳐 버리곤 합니다. 지도 앱을 들여다보며 머뭇거리고 몇 번이나 발걸음을 돌렸다 다시 오고 결국에는 전화를 걸어 "여기가 맞나요?"라고 묻기도 합니다. 그렇게 해서야 겨우 문 앞에 선 사람은 묵직하고 낯선 무게를 느끼며 문을 엽니다.

그 문을 지나가다 우연히 발견해서가 아니라, 이곳을 떠올리며 찾아와 주기를 바랐습니다. 욕심일 순 있지만 누군가가 일부러 조용한 다짐과 함께 이 문 앞에 서기를 바랐습니다. 그 용기가 바로 어른이 되어가는 과정이 아닐까 생각했으니까요. 문 너머의 세상은 여전히 복잡하고 무겁지만, 한 잔의 술, 한마디 말,

그리고 잠깐의 휴식이 있다면 우리는 조금씩 앞으로 나아갈 수 있을 것입니다.

　이곳을 찾는 손님들 중에는 말이 없는 분들도 많습니다. 조용히 술을 마시고 짧은 인사만 남기고 사라지는 사람들. 하지만 그 짧은 눈빛 속에서도 어쩐지 삶의 고단함과 진심이 느껴질 때가 있습니다. 괜찮지 않지만 괜찮다고 말하는 그들의 표정은 늘 마음을 찌릅니다. 그리고 그런 사람들에게 제가 해줄 수 있는 건 많지 않습니다. 그저 한 잔의 술을 따르고 그 앞에 가만히 서서 지켜볼 뿐이죠. 말이 아닌 존재로서 함께 있는 것. 때로는 그 조용한 동행이 가장 깊은 위로가 되기도 합니다.

　기억을 더듬어보면 누구나 그런 순간이 한 번쯤은 있을 겁니다. 어렸을 때 부모님의 술장에 몰래 손을 대던 순간. 금기를 넘는 일처럼 짜릿하면서도 결국 한 모금을 삼키고는 쓰디쓴 얼굴로 고개를 절레절레 흔들었겠죠. '대체 어른들은 이걸 왜 마시는 거야?' 말끝을 흐리며 잔을 내려놓았던 기억. 아니면 친구들과 어른 흉내를 내며 잘 알지도 못하는 술맛에 일부러 어른스럽게 반응해보려 애썼던 적도 있을 겁니다.

　어른이 된 지금 다시 마시는 위스키의 맛은 어떠신가요? 여전히 쓰기만 한가요? 아니면 이제 그 쓴맛 속에 담긴 마음을 조금은 이해할 수 있나요? 한때는 이해할 수 없었던 술맛이 이제는 조금씩 익숙해지고 있습니다. 여전히 낯설기도 하지만 그 안에 담긴 감정과 시간을 이해하게 되는 순간이 옵니다. 어쩌면 우리가 익숙해지는 건 단순한 맛이 아니라 그 쓴맛을 받아들이는 자신일지도 모릅니다. 그렇게 쓴맛은 깊은 맛이 되고 깊은 맛은 익숙함이 되고 익숙함은 곁에 두고 싶은 어떤 것이 됩니다.

저 역시 여전히 미숙하고 흔들리는 한 사람입니다. 손님이 없는 날 텅 빈 바에 앉아 위스키를 마시며 생각합니다. '내가 잘하고 있는 걸까?', '이 길이 맞는 걸까?' 불확실한 질문들 속에서 하루를 견디고 다시 문을 엽니다. 그 반복 속에서 어른이 되어간다고 믿으며 또 하루를 살아냅니다. 박찬욱 감독은 2013년 청룡영화제에서 봉준호 감독을 대신해 <설국열차>의 수상 소감을 전하며 이렇게 말했습니다. "제가 제일 좋아하는 장면은 송강호 씨가 열차 내벽을 가리키면서 '이게 오랫동안 닫혀 있어서 당연히 벽인 줄 알겠지만, 사실 문이다'라고 말하는 대목입니다. 벽인 줄 알고 있었던 여러분만의 문을 꼭 찾으시길 바랍니다." 저는 바의 문을 열고 안으로 들어오는 수많은 이야기들을 맞이합니다. 어떤 날은 짧은 인사로 어떤 날은 깊은 대화로. 그 안에서 우리 모두는 천천히 어른이 되어가는 건 아닐까요.

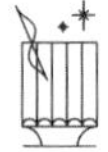

　　책과 술, 두 세계는 겉보기엔 멀리 떨어져 있지만 어딘가 닮아 있습니다. '산문'은 그 둘 사이의 경계를 허물어보려는 시도에서 시작되었습니다. 페이지를 넘기듯 잔을 기울이고 문장을 곱씹듯 술의 향을 음미할 수 있는 곳. 그렇게 책과 술이 서로의 언어로 위로하고, 또 하나의 이야기로 이어지는 공간이 되고자 했습니다.

　　바의 형태를 하고 있지만 조용한 서재의 기운이 흐르고, 카페처럼 보이지만 술 냄새가 은은히 스미는 곳. 조용히 혼자 앉아 술을 마시다 문득 책을 펼칠 수 있는 곳, 책을 읽다가 목이 마르면 위스키 한 잔을 들이킬 수 있는 그런 공간 말입니다.

좋아하는 일을 하며 살아간다는 건 참으로 낭만적입니다. 하지만 그 문장 안에는 보이지 않는 전제가 있습니다. 좋아하는 일을 업으로 삼는 순간 그 일을 마냥 좋아하기만 해서는 안 됩니다. 지속 가능한 구조가 되어야 하고, 손님이 찾아와야 하고, 수익이 나야 하고, 무엇보다 운영자의 의도를 손님이 공감해야 합니다. 좋아하는 일로 살아간다는 건 사실 좋아한다는 마음보다 훨씬 복잡한 감정들을 끌어안아야 가능한 일입니다.

산문을 준비한다고 사람들에게 말했을 때 가장 많이 들었던 반응은 비슷했습니다. "책이랑 술이랑 어울리나?" "누가 술 마시면서 책을 보냐?", "한쪽에선 떠들고 한쪽에선 조용히 책 보고 있으면 서로 눈치 보이지 않겠어?" 현실적인 질문들이 쏟아졌습니다. 그들의 말은 틀린 게 없었습니다. 하지만 저는 틀렸다고도 맞다고도 말할 수 없었습니다. 산문은 어울리지 않을지도 모르는 것들을 함께 놓아보는 시도였습니다. 이질적인 요소들이 충돌하는 공간, 그 안에서 스스로 균형을 찾아가는 방식이 궁금했습니다.

좋아하는 일로 성공한 사람들을 보면 그것에 진심이었다는 말이 따라붙습니다. 저는 과연 무엇에 진심이었을까요? 책에 진심이었을까요? 술에? 아니면 공간에? 저는 지금도 가끔 헷갈립니다. 제가 진심을 쏟은 무대는 분명 산문이라는 공간입니다. 그러나 그 공간은 책과 술, 낭만과 실용, 이상과 현실이 얽혀 풀기 어려운 실타래 같은 곳입니다. 그래서 저는 자주 스스로에게 묻습니다. ‘나는 앞으로 어떤 모습을 보여줄 것인가?’

책과 술은 모두 느립니다. 빠르게 돌아가는 세상 속에서 책을 읽는다는 건 세상의 속도에 저항하는 일입니다. 술을 음미하며 마시는 것 역시 마찬가지입니다. 둘 다 혼자만의 감각을 허락합니다. 시끄럽지 않지만 적막하지 않고, 조용하지만 답답하지 않은. 이야기하고 싶을 땐 말이 흐르고 말없이 있고 싶을 땐 시선만으로도 괜찮은 그런 곳. 결국 제가 만들고 싶었던 건 물리적인 바가 아니라 사람들의 내면이 조금씩 열리는, 진실된 순간이 오가는 사색의 공간이었습니다.

이 공간을 만든 사람은 분명 저입니다. 그러나 공간을 살아 숨 쉬게 하는 사람은 손님입니다. 그들 없이는 이곳은 그냥 빈, 공간空間일 뿐입니다. 책과 술이 아무리 잘 놓여 있어도 이야기가 흐르지 않으면 이곳은 그저 인테리어가 잘 된 빈방일 뿐입니다. 산문이 공간 이상의 무언가가 되기 위해서는 손님이라는 존재가 꼭 필요합니다. 하지만 그 손님이 원하는 것과 내가 꿈꾸는 공간이 완벽히 겹치는 일은 거의 없습니다.

기획자의 의도는 사용자의 기대와 정확히 맞지 않습니다. 아니, 맞을 수가 없습니다. 사람마다 공간을 경험하는 방식이 다르기 때문입니다. 누군가는 조용한 저녁을 원하고 누군가는 친구와의 유쾌한 수다를 원합니다. 누군가는 책을 읽고 싶어 하고 또 누군가는 음악을 더 크게 틀어달라고 합니다. 어떤 손님은 왜 이렇게 조용하냐고 묻고 다른 손님은 왜 이렇게 시끄럽냐고 말합니다. 그 사이에서 저는 늘 고민합니다. 어느 쪽이 더 나은 방향일까?

술을 마시며 책을 읽는 일도 즐거운 경험이 될 수 있다는 걸 전하고 싶었습니다. 사람들은 낯선 조합이라 말하지만 저는 이 불협화음에서 나오는 묘한 조화가 좋습니다. 바쁜 하루 끝에 책 한 줄과 위스키 한 잔이 뭉친 어깨를 풀어줄 수 있다면 그것만으로 이 공간의 역할은 충분하다고 믿습니다. 산문은 지금도 매일 균형을 맞추는 술타기를 하고 있습니다. 소음과 고요 사이, 거리와 친밀 사이 그리고 낭만과 현실 사이의 그 미묘한 균형 위에서 흔들리며 걸어가고 있습니다.

좋아하는 일을 업으로 삼기 전에 짚고 넘어가야 할 것이 있습니다. "내가 좋아하는 걸 사람들도 좋아해줄까?" 하지만 이제는 그 질문보다 더 중요한 게 있다는 것을 압니다. "사람들이 좋아하지 않더라도 나는 계속 이 일을 좋아할 수 있을까?" 그것이 바로 지속의 조건입니다. 저는 아직도 이 공간이 어디로 가는 중인지 헷갈릴 때가 있습니다. 하지만 분명한 것은 이 공간은 계속 변화할 것입니다. 그 변화 속에서 모두 함께 납득할 수 있는 모양에 가까워지기를 바랍니다. 그게 제가 지금 이 공간에서 꿈꾸는 미래입니다.

이런 공간이 많아진다면 도시가 더 다채로운 풍경을 띄지 않을까요? 어딜 가나 비슷한 메뉴와 비슷한 음악이 흐르는 곳이 아니라 그 공간을 만든 사람의 진심과 정체성이 고스란히 느껴지는 곳. 완벽하진 않더라도 누군가에게 잠시 머물고 싶은 곳 혹은 다시 오고 싶은 곳이 되기를. 산문이 그런 공간 중 하나이기를 바랍니다. 공간을 만든다는 것은 결국 어떤 마음을 담을 것인가의 문제니까요. 저는 그 마음을 조금씩 계속해서 채워나가고 싶습니다.

　　제2의 인생이라 하면 어떤 모습이 떠오르시나요? 누군가는 새로운 도전이라고 말하며 설렐지도 모릅니다. 또 다른 누군가는 무모함, 모험 혹은 도피를 떠올릴지도 모릅니다. 누군가는 빛나는 용기, 또 어떤 이에게는 버텨낸 시간 끝의 체념일 수도 있습니다. 누군가에게는 쓸쓸한 은퇴식일 수도 있고요. 새로운 시작 앞에서 불안하고 두려운 건 어쩔 수 없는 일입니다. 인생의 전환점에서 불안과 설렘은 어쩌면 가장 자연스러운 감정일지도 모릅니다.

　　건축학과에서 5년을 보냈고 졸업 후 4년을 설계사무소에서 일했습니다. 도면을 그리고 모형을 만들고 마감과 예산을 확인

하며 20대를 거의 건축이라는 단어 아래에서 보냈죠. 20대의 끝
자락에서 건축을 그만두고 지금은 바를 운영하고 있습니다. 이
상하죠. 도면 위 선 하나에 몰두하던 제가 지금은 유리잔의 라
인과 무게를 고민하며 하루를 보내고 있다는 것이. 회사생활을
하며 채워지지 않는 허기가 많았습니다. 나는 왜 건축을 하고
있을까. 과연 건축에 적성과 흥미가 있을까. 그 고민은 제 감각
과 감정을 눌러가고 있었는지도 모릅니다.

그 질문에 대한 답을 찾기 위해 회사를 다니면서 글을 쓰기
시작했습니다. 건물의 스케치나 설계도면이 아니라 마음의 구
조를 그리는 글이었습니다. 내가 좋아하는 건 무엇인지, 뭘 하고
싶은 건지 알고 싶었습니다. 출근 전 새벽에, 퇴근 후 밤에, 주말
카페 한 구석에서 생각나는 단어나 문장을 조립하며 원고를 채
워갔습니다. 말수가 많은 편은 아니지만 글을 쓰면 묘하게 숨통
이 트였습니다.

그렇게 쌓인 몇 편의 글이 하나의 작은 책이 되었고, 그 경
험은 나를 다음 단계로 이끌었습니다. 책을 좋아하는 사람들과
어울리고 싶어 독서 모임을 만들게 됐죠. 모임에서 나는 공간의
주인이 아닌 대화를 여는 사람이 되었습니다. 그리고 어느 순간
내 이야기를 좋아해주는 백 명만 있다면 지역에서 뭔가를 시작

해도 괜찮지 않을까 생각했습니다. 그렇게 가까운 지인들에게 "독서 모임 회원이 100명이 되면 바를 열겠다."고 선언하듯 말했습니다. 생각보다 금방 숫자가 채워졌고, 막상 숫자가 찼을 땐 조금 당황스러웠지만 제 입으로 한 말을 지키고 싶었습니다. 그때부터 본격적으로 산문이라는 바를 상상하기 시작했습니다.

퇴근 후엔 바의 도면을 그리고 3D 모델링으로 공간을 시뮬레이션했습니다. 사람들이 앉을 간격, 조명이 비추는 각도, 손이 닿는 높이, 의자와 무릎 사이의 거리. 건축을 떠났다고 생각했지만 이 작업들을 하며 깨달았습니다. '나는 어쩌면 다른 모습으로 건축을 하고 있구나.' 제2의 인생이란 완전히 새로운 것을 시작하는 게 아니라 과거의 조각들을 다른 방식으로 엮어내는 일이었습니다. 우연처럼 보였지만 지금 돌아보면 필연이었던 거죠. 건축과 글쓰기, 사람과의 대화, 공간을 상상하는 일, 술을 마시는 감각. 그 모든 것이 따로 놀던 퍼즐처럼 보였지만 어느 순간한 장의 풍경으로 맞춰졌습니다.

제2의 인생은 저마다의 색깔로 그려집니다. 누군가는 퇴사 후 세계여행을 떠나고 누군가는 귀촌을 하고 또 누군가는 새로운 공부를 시작합니다. 누군가는 이전의 실패를 딛고 전혀 다른 삶을 설계하기도 하죠. 저에게 제2의 인생은 삶의 감각을 되찾

는 일이었습니다. 불확실하지만 내가 만드는 공간과 시간. 느리지만 진심인 일상. 적당히 외롭고 적당히 충만한 감각. 그리고 선택의 책임을 느끼고 결과를 받아들이는 것까지.

이 글을 읽는 여러분은 제2의 인생을 준비 중이신가요? 혹은 상상해 본 적이 있으신가요? 문득 '이게 진짜 내가 원하는 삶일까?'라는 질문이 떠오른 적은 없었나요? 바쁜 일상 속에서 그 물음은 사치처럼 느껴지기도 하죠. 하지만 어떤 이들은 그 질문 앞에 멈춰섭니다. 지금의 삶이 나에게 정직한지, 여전히 살아 있다는 감각을 주는지를 다시 묻습니다. 어쩌면 제2의 인생은 그런 멈춰진 상태에서 시작되는지도 모릅니다. 잘 달리던 길 위에서 갑자기 브레이크를 밟고 조용히 다른 길을 바라보는 일.

하루는 아침 일찍 일어나 원고를 쓰다가 문득 이 시간만큼은 내가 살아 있다는 감각이 든다는 걸 알게 됐습니다. 일할 때보다도 사람들과 어울릴 때보다도. 글을 쓰는 동안에는 시간이 다르게 흐르더라고요. 그때 알았습니다. 내 감각이 살아 있는 일을 하고 싶다고. 그리고 그 감각을 조금씩 따라가 보기로 했습니다. 거창하게 무언가를 포기한 것도, 당장 대단한 걸 이룬 것도 아니었습니다. 그저 조심스럽게 내가 좋아하는 방향을 향해 작은 걸음을 떼어본 것뿐이었죠.

그 걸음 뒤에 바를 열게 되었고 지금은 이 공간 안에서 하루하루를 채워가고 있습니다. 여전히 불안하고 완벽하진 않지만 예전보다 훨씬 솔직한 삶을 살고 있다는 느낌이 듭니다. 건축을 하던 시절엔 직선과 수치를 따랐다면 지금은 사람의 표정과 말투, 잔의 온도를 따르며 하루를 짓고 있습니다. 제2의 인생은 제게 그런 것이었습니다. 삶의 모양을 바꾸는 일이 아니라 감각을 되찾는 일이었다는 걸요.

경력 없이 바를 차렸다고, 혹은 자격증 하나 없이 칵테일을 논한다고 현업에 계신 바텐더 분들이 저를 가볍게 볼 수도 있다는 생각을 자주 합니다. 실제로 그런 시선을 느낄 때도 있었고요. 바텐더라는 직업의 세계는 생각보다 훨씬 깊고 오랜 시간 몸으로 익혀야 하는 기술이 많다는 걸 알기에 저는 그분들의 따가운 시선 역시 이해합니다. 그래서 더욱 조심스럽고 제 자리에서 할 수 있는 만큼 최선을 다하려고 합니다.

저는 저만의 방식으로 이 공간을 만들어가고 있습니다. 이곳은 누군가에게는 술을 마시는 장소이지만 누군가에게는 이야기를 꺼내놓는 자리이기도 합니다. 손님 한 사람 한 사람의 속도에 맞춰 잔을 따르고 그날의 분위기를 감지하며 음악을 고릅니다. 제가 서툰 부분은 분명 있겠지만 이 공간에 머무는 시간이 누군가에게 좋은 기억으로 남기를 바라는 마음만은 진심입니다. 오늘도 부족함을 느끼면서도, 더 나은 공간을 만들고자 하는 마음만은 반드시 전해지기를 바랍니다.

이름은 몰라도 괜찮습니다.

우리는 이미 서로를 잘 알고 있으니까요.

바에서

스친

이야기들

PART 2

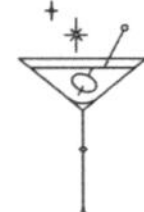

함께 마시는 술은 삶에 활기를 불어넣습니다. 건배를 나누며 웃고 떠들던 자리, 불쑥 튀어나온 고백과 웃음, 어느새 새벽을 훌쩍 넘겨버린 시간들. 돌이켜보면 그런 밤들이 있었기에 우리는 무너지지 않고 버티며 살아왔는지도 모릅니다. 술은 사람 사이를 연결하는 매개였고 잔을 기울이는 행위는 어쩌면 세상의 횡포를 견디는 일종의 의식이었습니다. 그렇게 우리는 술자리를 통해 서로의 생존을 확인하고 안부를 묻고 때로는 말 없이 옆에 있어주는 것만으로도 위로가 되곤 했습니다.

하지만 술에는 또 다른 방식이 있습니다. 아무도 없이 고요한 자리에서 혼자 마시는 술. 혼자라는 이미지에는 아직도 많은

바에서 스친
이야기들

오해가 따라붙습니다. 외로운 사람, 친구가 없는 사람 혹은 일이 잘 안 풀리는 사람. '혼술'은 그런 소극적인 상황의 결과라기보다는 오히려 하나의 선택입니다. 혼자가 되기로. 그 고독을 감내하기로, 아니 오히려 그 고독을 즐기기로 한 조용하고 단단한 선택. 그리고 그 선택을 가장 잘 받아주는 공간이 바Bar입니다.

개인적으로 수많은 술자리 중에 가장 기억에 남는 자리는 혼자 마셨을 때입니다. 아무에게도 털어놓지 못한 고민을 꾹꾹 눌러 담은 채 마셨던 한 모금. 떠오르지 않았으면 하는 상황이 불현듯 떠오르는 밤. 아무 이유 없이 그저 위로가 필요했던 평범한 하루의 끝자락. 고독은 이야기보다 진했고 침묵보다 따뜻했으며 아무 말 없이도 나를 받아줍니다. 일상에서 외면해왔던 감정들, 흐릿하게 지나친 장면과 어지러웠던 생각들을 다시 천천히 들여다보는 시간이기도 합니다.

집에서의 혼술은 익숙합니다. 파자마 차림에 좋아하는 음악이나 넷플릭스를 틀어놓고 익숙한 잔에 익숙한 술을 따릅니다. 익숙한 공간에서 익숙한 방식으로 마시는 술. 편안하지만 그만큼 무너지기 쉬운 구조이기도 합니다. 어느샌가 의미 없이 잔을 채우고 마시며 술잔을 비우는 속도는 빨라집니다. 그리고 다음 날 아침, 입안은 텁텁하고 머리는 무겁고 마음은 괜히 공허하게 느껴집니다. 혼자라는 사실이 오히려 더 선명하게 다가오는 순간이기도 하죠. 문득 혼자라는 건 자유인가 외로움인가 곱씹어 보기도 합니다.

그에 비해 바에서의 혼술은 혼자이지만 혼자가 아닙니다. 공간이 가진 공기, 조도 낮은 조명, 감미로운 음악, 그리고 그 모든 걸 지켜보고 있는 바텐더라는 존재. 이 모든 것이 조용한 방식으로 당신의 혼술을 함께합니다. 술은 혼자 마시지만 공간 안에서 누군가의 시선이 닿아있다는 사실이 어쩐지 위안이 됩니다. 때로는 말을 걸지 않아도 좋고, 때로는 짧은 한마디가 큰 울림으로 다가오기도 합니다.

바는 마음의 모서리를 정리해주는 장소라고 생각합니다. 말하지 않아도 좋은 곳이자 말하고 싶어질 수도 있는 곳. 술을 천천히 마시면서 지긋이 나를 들여다보게 됩니다. 그렇게 보내는 시간은 술을 위한 시간이 아니라 나를 위한 시간으로 바뀝니다. 결국 혼자 술을 마신다는 건 세상과 잠시 거리를 두고 나를 응시하는 일입니다. 아무리 바쁜 하루였어도 그 한 잔 앞에 앉는 순간부터 시간은 조금 느려지고 사람은 더욱 차분해집니다.

아직 많은 사람들에게 바는 익숙한 공간이 아닐지도 모릅니

다. 이름 모를 술들이 가지런히 놓여 있고 어두운 조명 아래 낯선 음악이 흐릅니다. 누군가는 멋지게 차려입은 채 잔을 들고 있고 어떤 이는 바텐더와 진지하게 술에 대해 이야기합니다. 그 풍경은 한껏 어른스럽고 어딘지 모르게 나와는 거리가 있어 보입니다. 그래서 바의 두터운 문을 두드리는 것이 망설여질 수 있습니다. '나는 어울리지 않는 건 아닐까?' '이 공간은 나와는 무관한 어른들의 놀이터 아닐까?' '혼자 가도 되는 걸까?'

독립서점은 주인장의 취향이 고스란히 반영된 공간입니다. 큐레이션을 통해 우리는 무심코 지나쳤던 책을 만나기도 하고 예상치 못한 분야에 흥미를 느끼며 나도 몰랐던 취향을 발견하게 됩니다. 단순히 책을 고르는 데서 끝나지 않고 커피를 마시며 머무르거나 사람들과 책 이야기를 나누며 다양한 감상과 관점을 나눌 수도 있습니다. 그 안에는 취향의 교류와 사유의 시간이 함께 흐릅니다.

바도 마찬가지입니다. 바텐더의 큐레이션이 담긴 메뉴를 책장 넘기듯 훑으며 오늘의 기분에 맞는 술을 고릅니다. 메뉴가 낯설고 주문이 어려울까 봐 주저할 수도 있지만 사실 모른다고 말하는 순간부터 진짜 경험이 시작됩니다. 오히려 그런 대화가 이 공간을 더 즐겁게 만듭니다. 어떤 맛을 좋아하는지, 기억에 남는 술이 있었는지 물으며 취향을 좁혀가고 그렇게 건네는 한 잔은 단순한 술이 아니라 작은 이야기이자 감정의 교류입니다. 질문이 대화를 열고 대화가 술을 완성합니다.

어느 날 한 손님이 조심스럽게 바에 들어선 뒤 이렇게 말했습니다. "혼자 마셔도 되나요?" 저는 웃으며 대답했습니다. "그럼요. 여긴 혼자 오셔도 편하게 머물 수 있는 곳 입니다." 그는 긴장한 듯 조심스레 자리에 앉았고 그가 고른 첫 잔을 정성스레 따랐습니다. "혼자 바에서 마셔보는 건 처음인데 참 좋네요." 그 말을 들으며 저는 다시 한번 생각했습니다. 혼자여도 나쁘지 않다는 것을. 그 조용한 시간 속에서 우리는 스스로를 조금 더 이해하게 된다는 것을.

첫인상이 인상적이기보다 끝 인상이 따뜻하게 남는 바를 만들고 싶습니다. 멋들어진 인테리어나 다양한 술병들이 첫인상을 풍성하게 만들어줄 수는 있겠지만 결국 중요한 건 그곳에서 보내는 시간입니다. 어떤 분위기였는지, 어떤 음악이 흘렀는지, 어떤 말을 건넸는지, 어떤 잔을 마셨고 어떤 기분으로 자리를 떠났는지. 끝이 좋았던 바는 다시 가고 싶은 마음이 남습니다. 바는 그렇게 마음을 조용히 내려놓고 갈 수 있는 곳입니다. 다시 올지 모른다 해도 그날의 나를 잘 보듬어주었다는 감정만큼은 오래도록 남습니다. 그래서 바가 주는 끝인상은 곧 누군가에게 그날의 밤을 온전히 정리해준 고마운 공간으로 기억됩니다.

혼자 술을 마신다는 것이 더 이상 특별하거나 낯선 일이 아니었으면 합니다. 혼자라는 단어에 외로움이나 결핍 같은 감정이 덧씌워지지 않기를 바랍니다. 때로는 혼자 있는 시간이야말로 가장 필요한 시간이기도 하니까요. 고요한 밤, 나를 들여다보는 순간은 우리 삶에서 빼놓을 수 없는 장면이기도 합니다. 그리고 그런 시간을 따뜻하게 받아줄 수 있는 바가 동네 어귀 어디쯤 조용히 불을 밝히고 있기를 바랍니다. 누구든 마음을 잠시 내려놓고 갈 수 있는 곳. 다시 하루를 살아갈 힘을 얻을 수 있는 곳. 그런 공간이 우리 곁에 있다는 사실이 생각보다 큰 위로가 될지도 모릅니다.

'약한 연결Weak Tie'. 사회학자 마크 그라노베터는 강한 유대가 친밀감과 신뢰를 쌓는다면 약한 연결은 새로운 정보와 기회를 전해준다고 말했습니다. 삶의 변화는 아주 가까운 관계가 아니라, 우연스럽고 어렴풋이 연결된 관계에서 더 자주 시작된다는 것입니다. 바에서는 이러한 약한 연결들을 자주 볼 수 있습니다. 이름은 모르지만 익숙한 얼굴들, 인사는 하지만 더 묻지 않는. 친밀하지만 연락처는 모르는. 그들 모두 이 바를 이루는 이름 없는 조각들이죠.

도시의 밤은 좀처럼 어둠에 잠기지 않습니다. 골목마다 불빛이 새나고 어디를 가든 사람들이 있습니다. 누군가는 긴 하루를 마치고 집으로 향하고 누군가는 약속을 향해 서두르고 또 누군가는 정처 없이 그저 걷습니다. 이렇게 많은 사람들이 스쳐가는 풍경 속에서도 정작 누군가와 끈끈하게 연결되어 있다는 느낌은 좀처럼 들지 않습니다. 왁자지껄한 소음 속에 숨어 있는 조용한 고립감. 도시의 밤은 그렇게 외로움을 감춘 채 흘러갑니다.

도시가 주는 이 아이러니는 바로 소란 속의 고요함. 수많은 사람 속에서 느껴지는 고립감입니다. 익명성은 숨 쉴 수 있는 여유를 주는 동시에 말할 곳 없는 공허함도 함께 키웁니다. 외로움은 단지 혼자 있기 때문이 아닙니다. 함께 있어도 외로울 수 있다는 사실, 곁에 사람이 있어도 마음이 닿지 않는 순간에서 비롯되는 감정이기 때문입니다.

말이 오가지만 진심은 통하지 않고 얼굴을 마주하지만 마음은 닿지 않는 관계들. 우리는 점점 말을 아끼고 감정을 감추며 그렇게 스스로를 고립시켜 갑니다. 도시가 주는 익명의 자유는 관계의 온기를 잃어버리게 되는 반작용을 만들어냅니다. 말하지 않아도 되는 자유는 곧 말할 수 없게 되는 침묵으로 바뀌기도 합니다. 사람들과 가까워질수록 우리는 더 많은 것을 숨기게 됩니다. 판단과 해석, 책임이 관계를 따라오니까요. 도시가 나를 모른다는 사실은 때로는 편안하지만 동시에 아무도 나를 모른다는 고립감으로 돌아오기도 합니다.

회사 동료, 가족, 연인, 친구. 그들 앞에서 우리는 늘 적절함을 고민합니다. '이 말이 무례하진 않을까', '이 말을 하면 나를 어떻게 생각할까'. 그래서 꺼내야 할 말을 삼키고 드러내야 할 마음을 감춥니다. 강한 유대는 책임과 이미지, 사회적 역할로 인해 진심을 가리는 장막이 되기도 합니다. 가까울수록 더 많은 것을 고려하게 되고 그건 때로 나 자신을 숨기게 만듭니다. 진심은 관계의 거리보다 맥락 속에서 더 자주 길을 잃습니다.

하지만 바는 그 모든 것에서 벗어난 곳입니다. 누군가에게 "요즘 어때?", "무슨 일 있어?" 같은 말을 굳이 건네지 않아도 괜찮은 자리. 어떤 의미도 요구하지 않는 공간입니다. 오히려 묻지 않았는데도 자연스럽게 나오는 대답이 더 진실하게 느껴지곤 합니다. 여기선 누군가는 울기도 하고 누군가는 웃기도 합니다. 아무도 묻지 않지만 조용히 감정을 꺼내놓을 수 있습니다. 누군가 그 감정을 조용히 받아준다는 것, 그것만으로 충분하다고 느껴지는 순간들이 있습니다.

자주 오는 손님은 아니었지만 종종 혼자 들르던 한 손님이 있었습니다. 그날도 홀로 들어와 바에 앉아 위스키를 주문했습니다. 평소보다 풀이 죽어 있었고 주문할 때조차 목소리에 힘이 없었습니다. 저는 먼저 말을 꺼내기보단 조용히 잔을 채워 손님 앞에 놓았습니다. 잠시 침묵이 흐른 뒤 그녀가 조심스레 말을 꺼냈습니다. "요즘 회사를 그만둘까 고민 중이에요. 사장님은 회사를 그만두고 창업을 하니까 어때요? 행복하신가요?"

그날 밤, 그 한마디가 시작이었습니다. 그녀는 오랫동안 누르고 있던 마음속 이야기를 꺼내기 시작했습니다. 지금의 일이 자신과 맞지 않다는 생각, 상사와 잦은 갈등과 피로감. 정작 퇴사를 하면 무엇을 해야 될지 모르는 불안, 그래도 이대로는 버티지 못하겠다는 직감. 그동안 아무에게도 말하지 못했던 이야기를 여기서 처음으로 말할 수 있었다고 했습니다.

"부모님께는 걱정하실까 봐 말 못 했고 친구들한테는 괜한 충고 들을까 봐 망설여졌어요. 그런데 여기는… 그냥 말해도 괜찮을 것 같았어요." 그녀는 오랜 시간 말하지 못했던 이야기를 조용히 꺼냈습니다. 저는 그저 옆에서 고개를 끄덕이고 잔을 채워주었습니다. 말이란 꼭 응답을 바라고 하는 것은 아닌 것 같습니다. 말할 수 있는 상태에 놓여 있다는 것, 누군가가 들어줄 것이라는 믿음만으로도 충분할 때가 있습니다.

그녀는 결국 퇴사를 하고 원하는 삶을 찾았을까요? 사실 저는 알지 못합니다. 다만 그날 밤, 낯선 이에게 스스럼없이 마음을 털어놓았던 순간은, 어쩌면 오래 미뤄뒀던 스스로와의 첫 대화였을지도요. 확신보단 의문이, 계획보단 솔직함이 담겨 있지만 그 솔직함이야말로 변화의 첫걸음이라는 생각이 들었습니다. 모든 걸 설명하지 않아도 괜찮은 사이, 서로가 기대하지 않는 자리, 정답을 말해주려 하지 않는 거리. 그 느슨한 틈에서 우리는 진짜 자신에게 조금 더 솔직해지기도 합니다.

그냥 말해도 괜찮을 것 같은 느낌. 그것은 어쩌면 우리가 삶에서 가장 하기 어려운 용기일지도 모릅니다. 누군가에게 있는 그대로 받아들여진다는 감각, 아무 말 하지 않아도 괜찮다는 안도, 말하고 싶을 때 말해도 괜찮다는 허용. 약한 관계는 결코 약하지 않습니다. 오히려 삶을 지탱하는 또 하나의 방식처럼 느껴집니다. 작고 조용하며 느슨하지만 단단한 연대. 우리가 서로를 너무 깊이 알지 않기 때문에 가능한 연대. 바로 그것이 도시 속에서 우리가 놓치지 말아야 할 마지막 따뜻함일지도 모릅니다.

그래서 저는 생각합니다. 우리가 살아가는 이 도시에서 진정 우리를 살게 하는 것은 누군가와 깊이 연결되는 관계뿐만이 아니라 아무것도 묻지 않아도 괜찮은 그 옆자리에 있습니다. 말하지 않아도 되는 안도 속에서 문득 말을 건네고 싶어지는 순간이 찾아오는 것. 그것은 인간이 인간에게 허락할 수 있는 가장 섬세한 온기입니다. 약한 연결이라는 말로는 다 담을 수 없는, 낯설지만 결코 멀지 않은 존재들 사이의 다정한 가능성. 그 가능성이야말로 우리가 이 도시에서 다시 내일을 살아가도록 만드는 힘이 아닐까요.

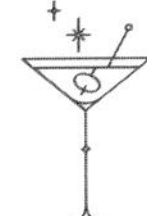

　　바를 시작하기 전에는 그저 칵테일을 잘 만들고 술에 대한 해박한 지식을 갖추고 있으면 충분하다고 생각했습니다. 위스키의 원재료, 증류 방식, 숙성된 오크통에 따른 풍미의 차이, 그리고 각 증류소가 지닌 역사적 배경까지. 그런 정보들을 줄줄 외우고 얼음이 녹아가는 속도에 맞춰 마티니의 밸런스를 감각적으로 조율할 수 있다면 바텐더로서의 준비는 끝난 것이라 여겼습니다. 한 손엔 지식, 다른 한 손엔 기술이 있다면 분명 괜찮은 바텐더가 될 수 있을 거라고 믿었지요.

　　시간이 흐르고 바에 손님이 들어서기 시작하면서부터 점점 알게 되었습니다. 손님의 말투와 걸음걸이, 앉는 자세, 그리고 무엇보다도 그날 손님의 눈빛을 읽는 일. 그리고 그 눈빛 너머의 마음을 조심스럽게 짐작해보는 일. 끝내는 한 잔의 술로 그 사람의 오늘에 응답하는 일이었습니다. 지식과 기술로 다가갈 수 없는 결이 분명 존재했습니다. 누군가의 취향과 하루를 이해하고 낯선 이의 마음에 작은 쉼표를 건네기 위해서는 무엇보다도 사람을 읽을 줄 아는 능력이 필요했습니다. 바텐더란 결국 사람을 마주하는 사람이었습니다.

"술을 잘 몰라서 그런데, 추천해주실 수 있을까요?" 자주 듣는 짧은 질문입니다. 그 안엔 손님의 취향은 물론 그날 어떤 밤을 보내고 싶은지까지 담겨 있습니다. 저는 되묻습니다. 위스키 쪽으로 생각하고 계신가요, 아니면 칵테일 쪽으로요? 그렇게 조용한 스무고개가 시작됩니다. 달달한 걸 좋아하세요? 상큼한 걸 좋아하세요? 도수는 강한 편이 나을까요, 부드러운 쪽이 좋으신가요?

술의 세계에는 정답이 없습니다. 좋아하는 술이 곧 맞는 술입니다. 취향에 안 맞는 술은 있을 수 있어도 틀린 술은 없지요. 하지만 정작 자기 취향을 모르는 손님들이 많습니다. 삶에 치이고 늘 누군가가 고른 것을 따라가다 보니 스스로 무엇을 좋아하는지 탐색할 여유조차 없이 어른이 되어버린 겁니다. 익숙한 브랜드, 유명한 메뉴, 남들이 좋다고 말한 맛을 선택합니다. 그것은 어쩌면 선택이 아니라 선택의 피로에서 벗어나기 위한 무의식적인 회피일지도 모릅니다.

우리는 늘 타인의 평가와 기준 속에서 살아왔습니다. 실패하지 않기 위해, 너무 튀지 않기 위해, 무난한 길을 택하며 안전한 선택을 반복해왔지요. 그렇게 자기만의 기호는 점점 희미해집니다. 그러니 "당신은 어떤 걸 좋아하세요?"라는 질문은 누군가에게는 낯선 질문일지도 모릅니다. 바는 그런 질문을 묻는 공간입니다. 정답을 요구하지 않고 오직 취향을 향해 조심스럽게 걸어가는 시간. 그리고 그 질문에 따라 한 잔의 술이 태어나는 장소이지요.

저는 그래서 바를 '취향을 찾아가는 곳'이라 말하곤 합니다. 우리가 나누는 대화는 모두 취향을 탐색하기 위한 과정입니다. 손님은 생각보다 금세 자신의 기호를 드러냅니다. "단맛은 별로예요." "산뜻한 향이 좋더라고요." "위스키는 예전에 마셔봤는데 너무 강하게 느껴졌어요. 단맛이 나는 건 없나요?" "여름에 어울리는 칵테일이요. 그런데 너무 가볍진 않았으면 해요."

이렇게 한두 마디씩 흘러나오는 말들이 결국 한 잔의 윤곽

바에서 스친
이야기들

을 만들어냅니다.

그렇게 이야기를 주고받다 보면 어느새 우리는 함께 한 잔의 술을 만들어갑니다. 바텐더가 혼자 만들어낸 것 같지만 사실 그 술은 손님의 오늘, 대화의 결, 눈빛의 여운이 담긴 합작입니다. 저는 그래서 바에서 나누는 한 잔을 '공저共著'라고 부릅니다. 누군가의 정답으로 완성된 것이 아니라 서로를 조금씩 이해하며 조심스럽게 빚어낸 그날 밤의 결과물이지요. 어떤 잔은 가볍고 경쾌하게, 어떤 잔은 묵직하고 서늘하게 다가옵니다. 사람마다 가진 이야기의 결이 다르듯 술 한 잔에도 각자의 온도와 무게가 녹아듭니다.

바텐더가 항상 올바른 안내자가 되는 것은 아닙니다. 누군가는 자기 취향을 권하듯 강하게 밀고 또 어떤 이는 고가의 술을 무리하게 추천하기도 합니다. 저는 그런 방식을 따르지 않기로 했습니다. 아직 자기 취향을 모르는 사람에게 단지 비싼 술이라는 이유만으로 잔을 권하는 건 진짜 만남이 아닙니다. 그 경험은 자칫 술의 세계에 대한 오해로 남거나 위스키에 대한 부담으로 이어질 수 있기 때문입니다. 저는 그래서 무난한 첫 잔을 제안하는 쪽을 택합니다.

때로는 손님의 취향보다도 상황을 읽고 술을 제안해야 할 때가 있습니다. 설명하지 않아도 느껴지는 오랜 시간의 공기를 공유한 사람들. 오랜 친구와의 재회 자리. 그들에게는 저는 종종 '올드 팔Old Pal'을 추천합니다. 라이 위스키, 드라이 베르무트Dry Vermouth[6] 캄파리Campari[7]를 같은 비율로 섞은 칵테일. 이름 그대로 '오랜 친구'를 뜻합니다. 오랜 시간을 지나 다시 마주한 얼굴들. 말없이도 통하는 우정. 지나간 시간에 대한 작고 깊은 경의.

올드 팔 칵테일의 붉은 빛과 화려한 색채는 지나간 청춘을 떠올리게 하고 이어서 느껴지는 씁쓸한 맛은 유년의 회한을 불러일으킵니다. 그 속에는 분명한 감정의 층위가 존재합니다. "칵테일 이름이 오랜 친구라니, 마음이 따뜻해지네요." 손님이 그렇게 말할 때면 저는 술 자체보다 그에 담긴 이야기가 훨씬 깊은 여운을 남긴다는 것을 다시금 실감합니다.

사람들이 기억하는 건 단지 맛뿐만이 아닙니다. 그 술을 마시던 순간, 함께 있던 사람, 주고받은 말들, 그리고 그 모든 것이 담겨 있던 공간의 분위기입니다. 그리고 그 모든 것이 한 잔의

6 허브, 향신료 등을 넣어 만든 주정 강화 와인
7 이탈리아 밀라노에서 생산되는 아마로(아페리티프 비터스)로, 허브와 과일을 알코올과 물에 우려 만든 쓴맛의 어두운 붉은색 술

술 안에 고요하게 스며들어 있습니다. 시간이 흐른 뒤에도 어떤 맛은 잊히고 어떤 맛은 마음에 남습니다. 그 술이 아무리 좋은 술이어도 말이죠. 남는 건 결국 온기입니다. 그리고 그 온기를 만든 건 대화와 공감, 그날의 공기와 눈빛입니다.

가끔 손님이 "이거, 제가 딱 원하던 맛이에요."라고 말할 때가 있습니다. 그 순간이 가장 짜릿합니다. 단순히 술을 잘 만들어서가 아닙니다. 누군가의 취향에 정밀하게 닿았다는 실감. 그 한 잔을 통해 마음이 닿았다는 확신. 바텐더라는 존재가 손님의 하루에 따뜻한 쉼 하나 건넸다는 증거. 그것은 작지만 진심이 닿은 기적 같은 순간입니다. 바텐더로서 제가 할 수 있는 일은 그 술잔이 기억으로 남도록 정성껏 응답하는 것입니다.

때로는 말보다 더 섬세하게, 때로는 위로보다 더 따뜻하게. 술은 그렇게 사람에게 말을 겁니다. 그리고 저는 그 말의 전달자이자 해석을 건네는 사람입니다. 그러니 저는 오늘도 바에 서서 한 사람 한 사람의 눈빛을 읽습니다. 그날의 온도와 그날의 표정과 망설임과 기대를 함께 읽습니다. 그리고 한 잔의 술로 그 마음에 조심스럽게 응답합니다. 언젠가 그 사람이 이렇게 말해주기를 바라면서요. "그때 마셨던 한 잔, 아직도 기억나요. 참 좋았어요."

　　오늘은 산문에서 제가 운영하는 '천려일득千慮一得'
독서 모임이 있는 날입니다. 천려일득은 '천 번 생각하면 한 가
지는 득이 되는 생각이 있다'는 뜻입니다. 모임의 이름을 보고
참가했던 한 분은 중년의 남자가 운영하는 모임일 줄 알았다고
말했습니다. 그런데 막상 나와 보니 생각보다 훨씬 젊은 얼굴이
테이블에 앉아 있어 당황스러웠다고 말했죠. 이상하게 그 말이
기분 좋았습니다. 이 모임의 본질은 나이와 직업, 배경을 넘어
단지 생각을 나누고 싶어 하는 사람들의 자리였기 때문이죠.

　　저는 스스로를 생각이 너무 많은 사람이라 여겼고 끊임없는
복잡한 마음이 쓸데없는 회로처럼 느껴지곤 했습니다. 어릴 적

부터 그랬고 회사에 다니던 시절에도, 그리고 지금도 그렇습니다. 이렇게 사는 게 맞을까? 내가 진짜 원하는 건 뭘까? 그런 의문들은 일상적인 질문처럼 늘 머릿속에 떠 있었습니다. 일어나지 않은 일에 대해서 지레 걱정하기도 하고 책의 한 문장이나 한 마디에 꽂혀 한참을 생각에 잠기기도 합니다. 때로는 그런 생각들 때문에 스스로 지치기도 했습니다. 하지만 지금 와 생각하니 그 생각들이 없었다면 지금 이 자리, 산문과 독서 모임을 만들지 못했을 겁니다.

건축을 전공하고 설계사무소에서 몇 년을 일한 뒤였습니다. 어떻게 살아야 할지, 무엇을 하고 싶은지 몰랐습니다. 사회가 말하는 '괜찮은 인생'은 그렇게 살면 된다고 했지만 마음은 어느 방향으로도 가지 못한 채 겉돌고 있었습니다. 생각이 너무 많아 벅찼던 시절, 문득 책을 써야겠다고 결심했습니다. 그땐 왜 그런 생각을 했을까요. 주변에서 왜 책을 썼냐고 물으면 무언가에 씌인 것 같았다고 말합니다. 지금 생각해 보면 책을 쓰는 사람이 대단해 보였습니다. 본인의 스토리가 있고 전문적인 지식이 있고 그것을 나누고자 하는 이유가 분명한 사람들. 그래서 저도 그런 사람이 되고 싶었습니다.

집필은 생각의 틈 속에서 반짝이는 하나의 결심이었습니다.

그 뒤로 책을 쓰고, 바를 열고, 지금은 또다시 글을 쓰고 있습니다. 그 경험이 좋았습니다. 언뜻 보면 혼자만의 시간이지만 그것은 고립이 아니라 답을 찾기 위한 긴 여행이었습니다. 그리고 그 여행 끝에 얻은 것들을 함께 나누고 싶었습니다. 주위를 둘러보면 누구나 수없이 많은 걱정과 생각을 지고 살아갑니다. 불안과 조급함, 애써 외면하는 감정들. 그 생각들이 쓸데없는 것이 아니란 걸 말해주고 싶었습니다. 쓸모없는 생각은 없습니다. 결국엔 그 모든 게 무언가를 향한 여정이니까요.

독서 모임을 만들자고 결심했을 때 저는 모임이 어떤 방식으로 운영되어야 하는지 오래 고민했습니다. 단순히 책을 읽고 수다를 나누는 자리여서는 안 된다고 생각했습니다. 책이 도구가 되고 그 책을 통해 자신의 내면과 마주할 수 있어야 진짜 대화가 시작될 수 있을 거라고 믿었습니다. 그래서 저는 모임에 참여한 이들에게 꼭 질문 하나를 준비해달라고 요청드립니다. 그 질문은 단순한 줄거리 요약이나 감상문을 넘어서야 합니다. 예를 들면 이런 식이죠. "당신이라면 그 상황에서 어떤 선택을 하실 건가요?", "주인공의 행동이 정말 옳다고 생각하세요?" "행복의 정의는 무엇이라고 생각하나요?"

누군가는 문학을, 누군가는 철학서를 또 누군가는 에세이나 사회과학서를 들고 옵니다. 중요한 건 책 자체가 아니라 그 책이 나에게 어떤 질문을 던졌는가 하는 점입니다. 어떤 날은 질문 하나가 모임 전체의 방향을 바꿉니다. 가볍게 던진듯 한 말한 마디가 누군가의 마음 깊은 곳을 건드리기도 합니다. 그리고 그 질문은 대화 속에서 또 다른 질문으로 자라나기도 합니다.

이런 질문들이 테이블 위에 놓이면 대화는 자연스럽게 깊어집니다. 누군가는 자신의 경험을 꺼내고 누군가는 전혀 다른 시각에서 반박합니다. 때로는 삶의 궤적을 바꾼 선택에 대해 말하기도 하고 마음속에서 아직 끝맺지 못한 이야기들을 털어놓기도 합니다. 그 과정은 때론 논쟁이 되기도 하지만 대부분의 경우 존중과 호기심으로 이어집니다. 우리는 서로를 설득하려 하기보다는 서로의 관점을 이해하려 합니다. 그것이 이 모임이 유지되는 가장 큰 이유입니다.

기억나는 한 모임이 있습니다. 그날 함께 읽은 책은 황보름 작가의 『어서 오세요, 휴남동 서점입니다』(클레이하우스, 2022)였습니다. 서점을 찾는 이들의 조용하지만 깊은 대화, 그리고 그곳에서 사람들과 관계 맺는 이야기. 책에는 이런 내용이 나옵니다. "하루의 단 10분만이라도 커피를 마시고 과일을 먹으며 책 읽는 시간이 있다면 살 만하다고." 그렇다면 우리는 언제 안도감을

느끼는지, 각자의 '휴남동 서점'은 어디인지 물었습니다. 그렇게 우리는 위안의 공간과 위로의 방식을 나누었습니다.

문득문득 떠오른 생각을 덧붙이며 잔잔하게 이어지던 대화는 어느새 하루의 고단함을 잊게 했고 각자의 이야기가 서로를 조용히 위로하고 있었습니다. 어쩌면 이 모임 자체가 누군가에게는 휴남동 서점 같은 그런 공간이 되고 있지 않을까, 그런 바람도 들었고요. 모임이 끝나고 사람들이 하나둘 자리를 떠난 뒤 저는 책의 한 구절을 조용히 읊조렸습니다. "오늘만큼은 이 열 명이 비슷한 여운에 잠겨 잠자리에 들 것 같았다." 오늘 모임에서 나눈 이야기와 감정이 각자의 밤에 조용한 울림으로 남기를 바라면서요.

세상엔 말로 꺼내기 어려운 생각들이 있습니다. 혼자서는 정리되지 않는 감정도 있습니다. 책을 매개로 타인의 질문을 빌려 끄집어내는 일. 말하자면 독서 모임은 작은 철학 수업 같은 것이죠. 정답은 없고 질문만이 오갑니다. 친한 친구에게도 쉽게 꺼내지 못했던 말들이 이곳에서는 자연스럽게 나오기도 합니다. 누군가 내 말을 바로잡으려 들지 않고 단순히 그럴 수도 있겠다며 들어주는 자리. 세상엔 그런 자리가 너무 적습니다. 이곳에서는 말하지 않아도 되는 것까지 말하게 됩니다.

　모임이 끝나고 사람들이 하나둘 자리를 뜨면 바 안은 다시 고요해집니다. 잔을 정리하고 의자를 밀어 넣는 소음 사이로 조금 전까지 오고 갔던 말들이 잔향처럼 남아 맴돕니다. 사람들은 돌아갔지만 그날 나눈 질문과 이야기들은 여전히 이 공간 어딘가에 머물고 있는 듯합니다. 때로는 한 마디의 문장이 오래도록 마음에 남기도 합니다. "그 장면이 계속 생각나요." "그 말, 이상하게 위로가 됐어요." 그런 말들이 책보다 더 깊은 인상을 남깁니다.

　천려일득. 저는 이 말을 참 좋아합니다. 천 번 생각한다는 건 결국 쉽게 결론을 내리지 않겠다는 뜻이기도 하니까요. 조급하지 않게 조금은 더 돌아가더라도 제대로 알고 싶다는 마음. 어쩌면 이 독서 모임도 그런 여정일지 모릅니다. 우리는 지금도 어딘가에 도착하기보다는 그 도착을 향해 걸어가고 있는 중입니다. 천 번 생각하다가 하나쯤 얻을 수 있다면 그 하나로 충분합니다. 그래서 오늘도 믿어봅니다. 생각이 많다는 건 결국 더 나은 삶을 향해 걷고 있다는 뜻이라고. 그리고 지금의 모든 생각은 그 소중한 하나의 깨달음을 위한 과정이라고 말입니다.

　　　세종은 이주민이 많은 도시입니다. 발령이나 전근 혹은 가족의 상황 등 개인의 선택이라기보다는 외부의 결정에 의해 머물게 된 사람들이 많습니다. 저 역시 비슷한 이유로 세종에 오게 되었고 낯선 환경에서 새로운 일상을 만들어가고 있습니다. 그렇게 사회에 나오면 학연·지연·혈연 같은 전통적 연결에서 벗어나 스스로 관계를 만들어나가야 합니다. 그 관계는 대체로 조심스럽고 신중합니다. 숫자는 줄고 깊이는 얕아지며 경계는 분명해집니다. 그래서일까요? 사회적 관계라는 말이 왠지 모르게 건조하게 들릴 때가 있습니다.

　　　세종에서 사람들과 이야기를 나누다 보면 자주 마주하는 공통점이 있습니다. 대부분이 토박이가 아니라는 점입니다. 이 지역에서 나고 자란 사람들보다는 다른 지역에서 이주한 사람들이 훨씬 많다는 사실. '세종에 정착한 지 얼마 안 됐다', '전에는 대전, 청주, 서울에서 살았다', '원래 고향은 광주다', '부산에서 왔다'는 이야기들은 이제 더 이상 낯설지 않습니다. 그만큼 세종은 끊임없이 유입과 유출이 반복되는 도시입니다. 행정수도로서의 구조적인 유입은 있지만 생활인으로서의 정주성은 여전히 진행형인 곳. 말하자면 세종은 아직도 많은 이들에게 '머무는 중인' 도시입니다.

그러다 시간이 지나면 사람들은 조금씩 사람의 온도를 찾아 나섭니다. 취향을 바탕으로 소모임이나 동호회를 찾으며 조심스럽게 낯선 관계를 시도합니다. 매번 새로운 사람을 만나는 것이 당연한 도시가 아니라 스스로 인연을 만들어가야 하는 도시. 사람들은 그렇게 각자의 방식으로 도시와 관계 맺는 법을 배워갑니다.

처음으로 게더링을 열어보겠다고 결심했던 날이 떠오릅니다. 바를 운영하던 어느 평일 낮, 세종에 와서 알게 된 몇몇 지인들과 커피를 마시며 이런 이야기를 나누게 됐습니다. "세종에서 사람 만나기 어렵지 않아요?", "아무래도 친구도 없고 퇴근하면 집에만 있어서 좀 적막하더라고요.” 다들 고개를 끄덕였습니다. 단지 술자리를 원하는 것도, 무작정 누군가를 사귀고 싶다는 것도 아니었습니다. 그저 내 이야기를 나누고 다른 이의 이야기를 들을 수 있는 자리. 취향과 생각, 관심사가 맞닿을 수 있는 공간. 그런 게 필요하다는 말이었죠.

그렇게 첫 게더링을 준비하게 되었습니다. 천천히 서로의 속도에 맞춰 이야기할 수 있도록 질문과 대화 주제를 준비했습니다. 가벼운 질문부터 조금은 깊은 질문까지, 누구나 한 번쯤은 생각해봤을 법한 고민들. 어쩌다 세종에 오게 되었는지. 나의 인생을 영화나 책 제목으로 비유한다면 어떤 제목이 어울릴지. 살면서 가장 크게 후회한 적은 언제인지. 최근에 나를 웃음 짓게 만든 일은 무엇인지. 내 인생에 가장 큰 영향을 준 사람은 누구인지.

게더링이란 단어 자체가 주는 어감도 좋습니다. 단순한 모임이 아니라 공통의 무언가를 중심으로 사람들이 모여드는 느낌이랄까요. 취향이든, 관심사든, 가치든. 각자의 일상 속에서 결핍되었던 어떤 지점을 채우기 위해 사람들이 모입니다. 그리고 그렇게 모인 이들이 만들어내는 분위기 속에는 묘한 안정감이 있습니다. 이곳에서 나만 외로운 게 아니었다는, 나만 낯선 게 아니었다는 위안 같은 것.

처음에는 다들 조심스러워합니다. 눈을 마주치는 데도 시간이 걸리고 말끝을 맺는 것도 어색해하죠. 하지만 대화는 금세 자연스러워졌습니다. 누구나 말하거나 들을 수 있는 자리에 있다는 안도감. 차분하게 자기 이야기를 꺼내는 사람, 그 말을 조용히 듣는 사람, 그리고 고개를 끄덕이며 짧게나마 덧붙이는 사람들. 고요했던 공간에서 어느새 말소리에 음악이 묻히는 장면을 보며 생각했습니다. 이 자리가 누군가에게는 꼭 필요했던 시간이었다는 사실을요.

게더링이 끝난 후 참가자들이 작성한 후기들을 보며 한 번 더 이 작은 시도의 의미를 되새기게 됩니다. "서울에서는 이런 모임, 자주 봤었는데 세종에서는 처음이에요. 이런 자리가 있어서 정말 좋았어요." 그 말을 듣고 나서야 알았습니다. 누군가는 이런 자리가 익숙할지 몰라도 누군가에겐 처음 경험하는 감정이라는 것을. 낯선 도시에서 자신을 소개하고 처음 마주한 사람의 이야기에 조용히 고개를 끄덕이며 마음을 나눈다는 것. 그 평범해 보이는 순간들이 누군가에겐 꽤 큰 용기였다는 사실을요.

서울에서는 다양한 모임과 네트워크가 일상처럼 존재하지만

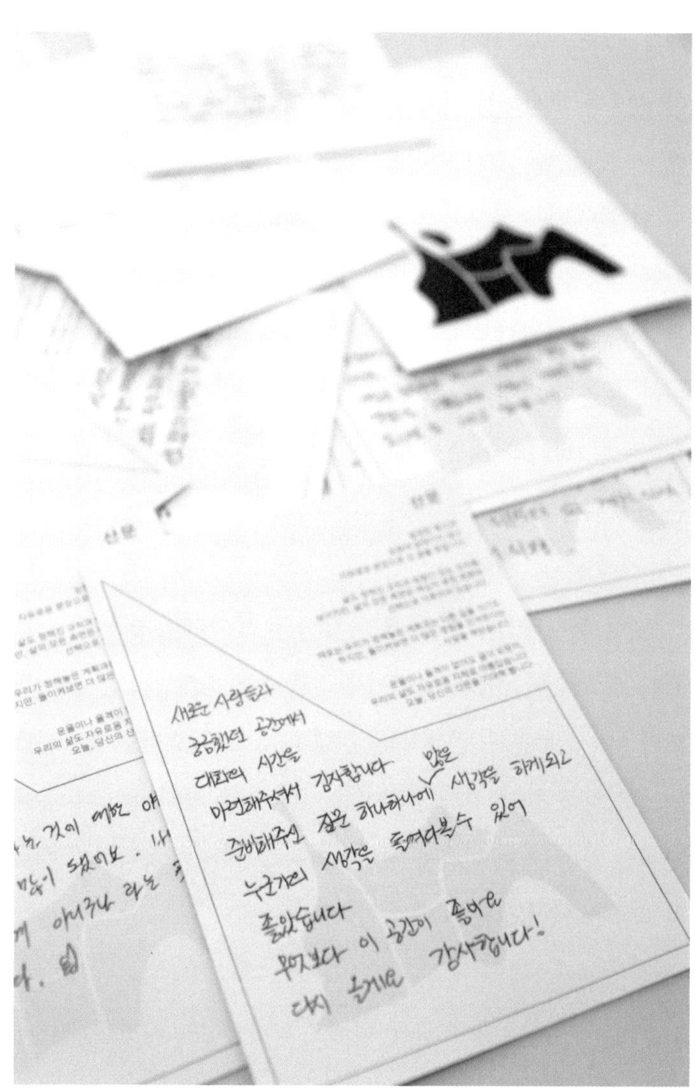

새로운 사람들과
공감했던 공간에서
대화의 시간을
마련해주셔서 감사합니다 많은
준비해주신 걸 하나하나에 생각을 하게되고
누군가의 생각을 들여다볼수 있어
좋았습니다
무엇보다 이 공간이 좋아요
다시 느끼고 감사합니다!

세종에서는 누군가가 만들지 않으면 아무것도 생기지 않습니다. 서울을 모방하는 것이 목적이 아니라 세종에도 필요한, 어쩌면 이 도시만을 위한 연결을 만드는 일. 각자의 자리에서 외롭지 않을 권리는 누구에게나 있으니까요. 낯선 도시에서 혼자가 아닌 경험을 만들어가는 일. 어쩌면 우리는 각자의 도시에서, 혹은 각자의 삶에서 너무 오랫동안 기다리기만 해왔는지도 모릅니다. 누군가 먼저 다가와 주길, 말을 걸어주길, 내 외로움을 발견해주길. 하지만 세종이라는 도시는 그런 기다림이 통하지 않는 곳입니다.

낯선 도시의 공기는 종종 차갑고 말 한마디 없는 거리는 어쩐지 서로의 마음까지 멀어지게 만듭니다. 하지만 그런 도시의 한가운데서 누군가 먼저 말을 건넬 때 그 조심스러운 목소리에는 생각보다 큰 온기가 담겨 있습니다. 작은 인사 한마디, 눈을 마주친 짧은 순간, 마음을 열어보려는 그 미세한 움직임이 때로는 하루를 버티게 하는 힘이 되어줍니다.

서로의 이야기를 조금씩 꺼내고 받아들이는 시간들 속에서 문득 모스코뮬Moscow Mule[8]의 탄생 이야기가 떠올랐습니다. 1941

---

8 보드카, 진저 비어, 라임 주스를 섞어 만든 칵테일

년, 미국의 어느 바 '콕 앤 불Cock N' Bull'에서 시작된 이 칵테일은 한 사람의 아이디어나 어느 브랜드의 결과물이 아니었습니다. 진저비어 재고에 골머리를 앓던 바텐더, 팔리지 않던 보드카를 유통하던 상인, 그리고 구리 머그잔을 들고 온 또 다른 이. 저마다 풀리지 않는 고민을 안고 있던 세 사람이 자신이 가진 것을 조금씩 꺼내어 섞어본 것이었죠. 그렇게 각자의 고민이 섞여 탄생한 그 조합은 지금까지도 많은 이들에게 사랑받는 칵테일이 되었습니다.

세종에서의 게더링도 어쩌면 이와 비슷한 방식으로 완성되어 가고 있는지도 모르겠습니다. 각기 다른 이유로 이 도시에 모여든 사람들. 출신도, 살아온 결도 제각각인 이들이 조심스럽게 자신의 사연과 취향, 삶의 단편들을 꺼내놓습니다. 그렇게 서로 다른 결이 겹쳐지며 조용한 조화를 만들어냅니다. 도시를 덜 낯설게 만드는 작은 시도. 우리가 섞여 하나의 분위기를 만들고, 함께 머물고 싶은 공간을 빚어내는 순간. 그렇게 우리는 이 도시에 서로의 온기를 더해가며, 낯선 마음을 조금씩 지워가고 있는지도 모릅니다.

그저
살고
싶지
않았던
밤에

　　　한 시 마감을 앞두고 밤 12시 20분쯤 가게로 전화가 왔습니다. "지금 가면 한 잔 마실 수 있을까요? 오래 있을 것 같진 않은데요…" 마감 시간보다 늦어도 괜찮으니 편히 오시라고 했습니다. 그녀는 들어서자마자 얼음물을 부탁했고 한 손에는 바나나를 쥐고 있었습니다. 회식이 끝난 뒤 곧장 집에 가면 왠지 더 우울해질 것 같았다며 이곳을 찾았다고 말했습니다. "가끔 가는 바도 있긴 한데… 거긴 사람들이 너무 많아서요. 괜히 이야기가 새어나갈까 봐 그냥 오늘은 조용한 바에 가고 싶었어요."

　　　그녀는 칵테일 추천을 부탁했고 저는 무더운 날씨 속 마감

직전의 숨 가쁜 시간을 뚫고 도착한 그녀에게 청량하고 산뜻한 진피즈를 권했습니다. 한참 동안 잔을 바라보고 향을 맡던 그녀가 말했습니다. "향이 좋네요. 편안해지는 느낌이에요." 그리고 잠시 침묵이 흘렀습니다. 그녀는 조용히 말을 이어갔습니다. "최근에 좀 힘든 일이 있었어요. 삶을 포기하고 싶을 만큼…" 더 이상 묻지는 않았습니다. 어떤 이야기든 꺼내기까지 시간이 필요하니까요. 그리고는 티슈를 한 장 요청하며 손에 쥐고 있던 바나나 껍질을 벗기기 시작했습니다. "이거요, 회사에서 팀원이 준 거예요. 제가 요즘 많이 힘들어 보인다고… 근데 이상하죠. 하루 종일 쥐고 있다가 이제야 먹어요. 따뜻해졌는데, 너무 달고 맛있네요."

그녀는 담담하게 말을 이어갔습니다. "사실 저번 주에 큰 사고를 당할 뻔했어요. 그 일이 있고 나서 그냥 아무것도 하기 싫더라고요. 왜 이렇게까지 아등바등 살아야 하나, 내가 왜 살아야 하지, 그런 생각들이 계속 들었어요. 순식간에 삶이 무너질 수도 있다는 걸 느꼈어요. 그 이후론 외상 후 스트레스 증상도 오고… 허무함도 크게 몰려왔어요. 자려고 누우면 그 순간이 자꾸 떠오르고… 죽고 싶다는 마음과 살고 싶지 않다는 마음은 다르다고들 하죠. 지금은… 그저 살고 싶지 않을 뿐이에요."

저는 잠시 고민했습니다. 타인의 고통을 섣불리 가늠해선 안 된다는 걸 잘 알기에 내 말이 위로가 될지 혹은 그 반대가 될지 확신할 수 없었습니다. 하지만 용기를 내 조심스럽게 말을 건넸습니다. "예전에 어디서 봤는데요. 외상 경험이 삶을 집어삼키기 전에 지금 이 순간의 현실에 집중하는 게 중요하다고 하더라고요. 그리고 허무주의에서 벗어나는 방법은 아이러니하게도 작고 사소한 것들에서 의미를 찾아가는 데 있다는 말도 들었어요." 혹시나 건방지게 들리지는 않았을지, 불편하게 느끼진 않았을지 그저 위로하고 싶었을 뿐인데 말 한마디를 건네기까지 얼마나 많은 망설임과 무게가 따르는지 그 밤에야 비로소 알게 되었습니다.

그녀는 고개를 끄덕이며 말했습니다. "지금은 병원도 다니고 상담도 받고 있어요. 그런데 결국 가장 중요한 건 내가 어떻게 생각하고 스스로 이겨내느냐인 것 같더라고요. 평소 성격이 좀 그런 편이라 겉으론 괜찮은 척하지만… 여전히 버겁고 쉽지 않네요." 그 이야기를 듣고 문득 예전에 읽었던 어떤 문장이 떠올랐습니다. 어설픈 조언보단 진심을 담은 한 잔을 드리고 싶었습니다.

"이건 그냥 제 마음을 담아 드리고 싶어서 만든 칵테일이에요. 이름은 '슬래지 해머', 말 그대로 '큰 망치'를 뜻합니다. 김렛을 변형한 버전으로 진 대신 보드카를 베이스로 하고 라임 주스를 더해 만들었어요. 특징이라면 위에 단단한 얼음 한 조각을 띄운다는 점인데요, 그 얼음이 마치 이 칵테일의 이름처럼 무언가를 깨뜨릴 준비가 된 것 같은 인상을 줍니다." 이어서 예전에 읽었던 글 속 칵테일의 의미를 전했습니다. "벽은 자기 손으로 깨부숴야 한다고 하더라고요. 어떤 벽이든 반드시 부술 수 있다고요." 그녀는 설명을 듣자 애써 눈물을 참는 듯 보였습니다. 저는 그녀의 시선과 마주치지 않으려 일부러 자리를 살짝 피했습니다. 그리고 잔에 얼음이 거의 녹았을 즈음 다시 돌아와 말을 건넸습니다.

"마지막엔 얼음을 잘게 부셔서 한번 드셔보세요. 책에 그런 이야기가 나온 건 아니지만 얼음을 부수며 마시는 행위가 마치 벽을 깨부수는 상징처럼 느껴질 수도 있잖아요. 그리고 흩어진 얼음 조각들은 어쩌면 벽의 잔해가 될지도 모르고요." 그 말에 손님은 미소 지으며 남은 칵테일과 함께 얼음을 한입에 머금고 단단한 얼음을 잘게 부수었습니다.

연신 감사 인사를 전하고 떠난 그녀의 뒷모습을 보며 아주 조금은 위로가 되었을 수도 있겠다는 생각이 들었습니다. 그렇게 조용히 가게를 정리하고 문을 닫았습니다. 집으로 돌아가는 차 안, 어두운 창밖 풍경을 바라보며 오늘 있었던 일을 곱씹어 보았습니다. 그 밤의 대화가 괜한 간섭이었을까, 오히려 상처가 되진 않았을까 마음 한 켠에 남아 있던 걱정과는 다르게 다음 날 뜻밖의 메시지가 도착했습니다.

"안녕하세요. 간밤 편안히 주무셨나요? 어제 느닷없이 찾아가 어쩌면 휴식이었을지 모를 시간을 방해한 손님입니다. 감사 인사를 드리고자 연락드렸습니다. 불안한 정신 상태에 술도 취해서는 엉망진창으로 하소연을 쏟아낸 무례에 대해 사죄드립니다. 처음 본 낯선 사람에게 가족에게도 못하는 이야기를 털어놓을 용기는 어디서 났을까요? 그럼에서 사장님께서는 그 어떤 상담사보다 잘 들어주셨고 진심 담긴 위로를 해주셔서 정말 감사했습니다. 억겁의 시간처럼 더디 흐른 지난 열흘 동안 내내 따라다니던 '살고 싶지 않다'는 생각을 온데간데없이 내려놓고는 편안하고 행복하기만 한 시간을 보냈습니다. 고작 칵테일 한 잔 값을 치르고는 너무 큰 신세를 졌네요. 밤은 늦었는데 자꾸만 더 앉아 있고 싶어져서 시덥잖은 얘기나 하다가 도망치듯 나와 버린 탓에 제대로 인사를 못 드린 것 같아 허우룩했습니다. 정말 정말 감사했습니다. 더운 여름날 건강하게 보내시고 지나다니며 언젠가 또 들르겠습니다. 평안한 오후 보내세요.

-한밤의 취객 올림"

다시 한번 내가 하고 있는 이 일에 대해 깊이 생각하게 되었습니다. 어떤 말을 전해야 할지 쉽게 떠오르지 않아 한참을 망설이다 출근해서야 겨우 마음을 다잡은 채 답장을 보냈습니다.

"안녕하세요, 산문입니다. 어떤 말을 전해야 할지 오래 고민하다 보니 답장이 늦었습니다. 제가 건넨 위로가 조금이나마 마음에 닿았다면 오히려 제가 감사할 따름입니다. 타인의 아픔을 온전히 헤아릴 수 없는 채 조심스레 건네는 말들이 때로는 너무 부족하게 느껴질 때가 있습니다. 말로 다 닿을 수 없는 위로일지라도 앞으로의 하루하루가 당신의 속도대로 천천히 괜찮아지길 바랍니다. 그리고 언젠가 다시 조용히 안부를 나눌 수 있는 날이 있기를 바랍니다. 그럼, 오늘도 편안한 하루 되세요."

내가 건넨 한마디 말, 한 잔의 술, 그리고 그날의 짧은 대화가 누군가의 삶에 아주 작은 숨 쉴 틈이 되어줄 수 있다면 그 이유만으로도 이 자리를 지켜야 할 충분한 의미가 있지 않을까, 그런 생각이 드는 하루였습니다.

바에서 스친
이야기들

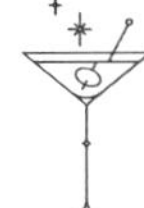

손님 중에는 우연히 들렀다가 자연스럽게 단골이 되는 분들이 있습니다. 처음엔 어색한 눈인사로 시작합니다. 자리에 앉아 주변을 둘러보고 메뉴판을 천천히 넘기다 조심스럽게 주문을 합니다. 바텐더와 손님 사이의 대화는 처음엔 낯설고 격식이 있습니다. 짧은 주문과 예의 바른 웃음, 술잔을 건넬 때의 수고스러움. 서로가 서로를 아직 잘 모르기에 조심스럽게 경계를 둔 채 마주하게 됩니다. 하지만 횟수를 더할수록 오래 알고 지낸 이웃처럼 자연스러운 호흡이 오가기 시작합니다.

인사말 뒤로 웃음이 하나 더 붙고 주문 사이사이 가벼운 농담이 얹히고. 술에 대한 취향뿐만 아니라 요즘 날씨, 기분, 혹은 그날 하루의 분위기에 대해서도 가벼운 이야기를 주고받게 됩니다. 처음엔 조용히 혼자 마시던 손님이 어느 순간 "이 술, 지난번에도 마셨던 것 같아요." 하고 말을 건네거나 "오늘은 그날보다 조금 더 달게 만들어주실 수 있을까요?"라는 요청을 하기도 하지요. 그 모든 순간들이 겹겹이 쌓여 하나의 관계가 되고 기억이 됩니다.

가게 문이 열릴 때 보이는 실루엣만으로도 누군지 알아차릴 수 있는 순간이 있습니다. 그 사람이 내는 발소리, 문 여는 방식, 자리에 앉기 전 가볍게 고개를 숙이는 몸짓, 혹은 자리를 정리하는 손의 움직임 같은 사소한 것들 말이지요. 그런 단서들만으로도 '아, 오셨구나.' 하고 반가운 마음이 듭니다. 정작 그들의 이름은 모르는 경우가 많습니다. 알고 싶지 않아서가 아니라 굳이 묻지 않아도 불편하지 않기 때문입니다. 오히려 그런 익명성이 주는 거리감 덕분에 더 오래 편안히 머물 수 있는 경우도 있으니까요.

이들은 위스키를 주문하기보다 먼저 가게의 변화를 알아챕니다. "조명이 좀 달라졌네요." "오늘은 음악이 좀 더 제 스타일인데요." "메뉴판이 새로워졌네요. 못 보던 술도 생긴 것 같고요." "지난번에 말씀하신 그 책, 읽어봤어요. 생각보다 더 여운이 길더라고요."

이야기의 주체가 술에서 사람으로, 바에서 삶으로 옮겨가는 순간. 저는 그들이 이곳을 그저 술 마시는 공간이 아니라 머물고 싶은 마음의 거처로 여기고 있다는 걸 알게 됩니다. 자신의 취향을 말할 수 있는 곳, 마음을 무겁게 하지 않으면서도 진심을 꺼낼 수 있는 자리.

우리의 대화는 자연스럽게 깊어집니다. 주문한 술 얘기부터 최근에 마셨던 인상 깊은 술, 그리고 그곳에서의 대화까지. "요즘 버번 위스키에 빠졌어요. 발렌타인처럼 부드러운 것도 좋지만, 뭔가 더 날 것 같은 게 끌리더라고요." "지난달에 일본 출장을 다녀왔는데, 작은 바에서 보모어를 마셨어요. 같은 술이지만 느낌이 또 다르더라고요." 때때로 장난스럽지만 진지한 토론을 하기도 합니다. 숙기 직전에 마셔야 할 세 가지 술은 무엇인지, 각자의 낭만은 어떤 모습인지, 좋아하는 가수가 있는지. 그러면서 각자의 기준을 조금씩 꺼내놓고 웃으며 고개를 끄덕입니다.

산문과 사계절을 함께 보낸 분들도 있습니다. 오픈 전 공사 중, 밖에서 유심히 바라보다 "여기 뭐하는 곳이에요? 언제 오픈해요?" 하고 물으며 말을 걸어온 분이 있었습니다. 간판도 없이 불 꺼진 가게 앞을 기웃거리던 그 모습은 지금도 선명합니다. 그렇게 곧 문을 열 공간을 한발 앞서 찾아주신 그분은 이제 계절이 바뀔 때마다 산문을 찾아올 뿐 아니라 거리에서 스치듯 마주치기도 합니다. 마치 오래전부터 알고 지낸 사람처럼요.

한겨울 눈이 펑펑 쏟아지던 날 처음 산문을 찾은 분도 있습니다. 언젠가 한 번 가봐야지 생각만 하다 그날따라 유독 실천에 옮기고 싶으셨다고 합니다. "눈이 너무 많이 와서 망설였는데, 이런 날 와보고 싶었어요." 조용히 몇 잔을 마신 뒤, "역시 오길 잘했네요." 하고 웃으며 돌아섰지요. 그날 이후 그분은 비나 눈이 오는 날이면 자연스럽게 떠오르는 얼굴이 되었습니다.

자주는 아니지만 깊은 대화를 나눈 분들도 있습니다. 자신도 브랜드를 만들어가는 중이라는 이야기를 들려준 손님이 있었습니다. 아직 이름도 로고도 없지만 살아온 이야기를 담은 무언가를 오래 준비하고 있다며 언젠가는 그 결과물을 꼭 보여주고 싶다고 했습니다. 또 다른 분은 오랜 유학 시절, 낯선 도시의 작은 식당에서 김치찌개를 먹다가 문득 눈물이 쏟아졌던 경험을 이야기해주셨습니다.

그렇게 많은 얼굴들이 이름보다 먼저 기억에 남습니다. 정확한 생일을 알지 못해도 무슨 날에는 무슨 술을 즐겼는지 떠오르는 사람. 직업이나 나이는 몰라도 어느 계절에 어떤 이야기를 나눴는지는 또렷하게 떠오르는 사람. 우린 서로의 이름을 묻지 않아도 충분히 안다고 느낄 때가 있습니다. 오히려 그 간극이 더 오래 이어질 수 있는 신기한 여지를 만들어주는 것 같기도 하지요. 그런 분들과 함께 계절을 지나고 나면 시간의 흔적을 품게 됩니다. 그리고 저는 다시 또 하루를 쌓아갑니다. 다음 계절에, 같은 자리에, 같은 얼굴이 앉을 수 있기를 바라면서요.

모든 손님과 그런 관계를 맺을 수 있는 것은 아닙니다. 어떤 분은 한 번 오고 다시 오지 않기도 하지요. 그날의 분위기, 기분, 혹은 함께했던 사람들과의 어긋남 때문이었을지도 모릅니다. 하지만 그런 인연들조차도 의미 없는 것은 아닙니다. 다시 만날 수 있을지 모르더라도, 어느 날 문을 열고 들어올지도 모른다는 희미하고도 선명한 기대가 남아 있기 때문입니다.

때로 익명성은 아쉬움을 남기기도 합니다. 이름을 묻지 않았기에 다시 마주쳤을 때 알아보지 못할까 걱정이 되기도 하고 요즘은 어떻게 지내는지, 취향은 여전한지 묻고 싶은 순간도 있습니다. 하지만 그런 아쉬움 또한 이 공간의 일부가 됩니다. 이름 없이도 기억되는 존재와 말 한마디 건네지 않아도 서로를 알아보는 순간. 그 적당한 거리감 속에서 피어난 관계는 때로는 이름보다 더 깊은 인상을 남기기도 하지요. 우리가 꼭 모든 것을 알아야만 가까워지는 것은 아니라는 사실을, 익명성 속에서도 충분히 따뜻할 수 있다는 것을 이곳에서 배워가고 있습니다.

이 글을 읽고 있는 당신은 요즘 어떻게 지내고 계신가요? 언제가 한 번쯤 나누었던 이야기, 스쳐 지나간 말, 머뭇거리며 꺼내주셨던 마음들. 그 모든 것이 여전히 이곳에 남아 있습니다. 다시 들려주시지 않아도 괜찮습니다. 하지만 혹시라도 또 문을 열고 들어오신다면 저는 언제든지 "오셨군요." 하고 반갑게 인사할 준비가 되어 있습니다. 이름은 몰라도 괜찮습니다. 우리는 이미 서로를 잘 알고 있으니까요.

바에서 스친
이야기들

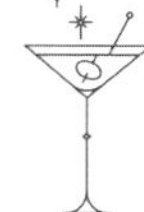

“인생 책이 뭐예요?”

그런 질문을 받을 때가 있습니다. 독서 모임을 하거나 산문에 혼자 오신 손님과 이야기를 나누다가 이런 질문을 받곤 합니다. 그리고는 한 권의 제목을 떠올리며 대화를 이어갑니다. 인생 책에 관한 이야기를 나눌 때면 저마다의 기억과 감정이 함께 따라옵니다. 어떤 이는 가장 눈물 흘리며 읽었던 책을 이야기하고 또 어떤 이는 삶이 퍽퍽하던 시기에 위로가 되어주었던 한 편의 에세이를 떠올립니다. 누군가는 생각하지 못했던 관점을 날카롭게 찔러준 책을 얘기합니다. “그 책을 읽고 나서 마치 뒤통수를 한 대 얻어맞은 기분이었어요.” 또 다른 누군가는 수없이 페이지를 접고 밑줄을 긋고 곱씹으며 읽었던 책을 꺼내듭니다.

흥미로운 것은 예전에는 무심히 읽었던 책이 시간이 흐른 뒤 전혀 다른 감정으로 다가온다는 점입니다. 가령 20대 중반에 무슨 말인지 몰라 덮어두었던 책이 삼십 대 중반에 회사를 그만두고 혼자 지내던 어느 오후, 다시 펼치는 순간 뜻밖의 위로가 되는 것 말입니다. 반대로 한때 나를 울리던 책이 지금은 너무 평범하게 느껴지는 당혹스러운 경험도 있습니다. 마음을 할퀴던 문장은 어느새 무덤덤하게 흘러가고 오래 머물던 문단은 오히려 너무 정직하게만 보일 때도 있습니다.

우리가 어떤 책을 인생 책이라 부를 때 그것은 책의 내용 때문이라기보다 그 책을 읽던 나의 마음과 시간 때문 아닐까요. 그 시절의 나, 그때의 감정, 주변의 풍경. 책은 그대로이지만 우리는 끊임없이 변하니까요. 결국 인생 책이란 특정한 목록이 아니라 그 시절의 내가 기억하고 싶었던 마음의 기록일지도 모릅니다.

그래서일까요. 누군가에게 인생 책을 선뜻 추천하기란 쉽지 않습니다. "이 책 진짜 좋아요."보다는 "저는 그때 이 책이 좋았어요."라고 말하게 됩니다. 그 시절의 나에게는 간절하고 절실한 울림이었지만 지금의 당신에게는 그저 그런 이야기일 수 있으니까요. 어떤 문장이 위로가 되는 때는 그 사람의 삶과 순간이

함께 어우러졌기 때문입니다. 책을 읽는다는 건 결국 자기 자신과 마주하는 일이기도 하니까요.

이런 감정은 제가 손님들에게 술을 추천할 때도 종종 떠오릅니다. 다양한 술을 권해드리는 입장이다 보니 자주 이런 질문을 받게 됩니다. "사장님은 어떤 술 제일 좋아하세요?" 언뜻 단순한 호기심처럼 들리지만 저는 그 질문 앞에서 늘 잠시 생각에 잠깁니다. 왜냐하면 제 대답은 매번 조금씩 달라지기 때문입니다. 그럴 때면 저는 이런 시시한 답변을 하곤 합니다. "가장 좋아하는 술은… 없어요. 그날의 기분, 날씨, 함께 있는 사람에 따라 달라지는 편이에요."

비가 오는 날엔 흙 내음과 바닷바람이 느껴지는 피트 위스키가 생각나고 더운 여름날 오후엔 레몬의 산뜻함과 탄산이 살아 있는 칵테일이 떠오릅니다. 추운 겨울밤엔 바닐라와 캐러멜 향이 감도는 따뜻한 버번 위스키 한 잔이 그리워지고요. 기분이 가라앉은 날엔 묵직한 독주를, 반가운 사람을 만난 날엔 기분 좋게 오르내리는 라이트한 술을 고릅니다. 고요한 위로가 필요한 날엔 말없이 소주를 꺼내기도 하고, 축하하고 싶은 날엔 꽃처럼 터지는 샴페인을 선택합니다.

어떤 때는 셰리 캐스크 위스키[9]에 빠져 한동안 다른 종류의 위스키는 쳐다보지도 않고 그것만 마시기도 합니다. 붉은 과일 향과 달큰한 풍미, 부드러운 텍스처. 우아한 단맛. 그런 시기가 있는가 하면, 어느 날은 문득 지겨워져 다시 피트 위스키나 버번 위스키를 찾기도 합니다. 술의 취향도 그렇게 변화합니다. 감정의 흐름, 계절의 움직임, 그리고 삶의 리듬에 따라.

앞서 인생 책을 이야기할 때 다양한 기준이 있었죠. 가장 많이 울었던 책, 깊은 위로가 되어준 책, 삶의 방향을 바꾸게 만든 책, 그리고 다시 읽고서야 비로소 이해할 수 있었던 책. 그렇다면 인생 술도 비슷할까요? 가장 맛있게 마셨던 술, 처음 위스키의 매력을 느끼게 해준 입문용 술, 혹은 위스키라는 깊은 세계 속에서 전혀 다른 감각과 시야를 열어준 술.

누군가는 글렌리벳 한 잔에서 위스키가 이렇게 부드럽고 은은할 수 있다는 걸 알게 되었다고 합니다. 또 누군가는 아드벡을 통해 전혀 새로운 세계를 만났다고 말합니다. 어떤 이는 그 한 잔의 힘을 빌려 사랑을 고백했고 어떤 이는 조용히 이별을

---

9 스페인의 주정 강화 와인인 셰리(Sherry)를 숙성하는 데 사용되었거나, 혹은 위스키에 셰리 풍미를 입히기 위해 의도적으로 셰리 와인을 담아 일정 기간 시즈닝(Seasoning) 한 오크통

말했습니다. 술의 향과 맛보다 더 선명하게 남는 건 그 순간의 감정과 대화 그리고 분위기입니다. 그것이 인생 술을 만드는 진짜 재료가 아닐까요.

제가 처음 싱글몰트 위스키에 입문한 술은 글렌피딕 15년이었습니다. 블렌디드 위스키와는 다른 결을 느끼게 해준 술이었지요. 그리고 처음 피트 위스키의 매력에 빠졌던 술은 라가불린 16년이었습니다. 묵직한 맛과 함께 입안을 휘감는 장작불 타는 향, 모닥불이 잔잔하게 남아 있는 새벽 바닷가의 풍경을 그대로 병에 담겨 있는 듯한 인상이었죠. 처음에는 낯설고 거칠게만 느껴졌지만 이상하게도 그 낯선 맛이 자꾸 생각나고, 다시 찾게 되고, 어느 순간엔 그 스모키한 맛이 없으면 밍밍하게 느껴지기도 했습니다.

위스키 애호가들 사이에서는 이런 말이 있습니다. "돌고 돌아 맥켈란이다." 여러 위스키를 경험해 보아도 결국 맥켈란으로 돌아오게 된다는 의미입니다. 처음 맥켈란 18년을 마셨을 때, 저는 잘 모르겠다는 생각을 했습니다. 그저 그랬던 맥켈란 18년을 오랜 시간이 흐른 후 다시 마시며 비로소 그 부드러움과 깊이를 이해할 수 있게 되었습니다. 이건 경험의 차이일까요, 생각의 차이일까요? 아마 경험의 차이이자 내가 변한 덕분이겠지요.

책장은 시간이 지나면 바래고 술잔은 금세 비워지지만 그 안에 담겼던 감정은 생각보다 오래 갑니다. 책을 읽고 울던 밤, 술한 잔에 마음을 열던 순간. 그 모든 경험들은 내 안에 작고 단단한 층위를 만들어주었고 지금의 내가 그토록 낯설지 않도록 도와주었는지도 모릅니다. 인생 책이 단순히 좋은 책이 아니듯 인생 술 또한 맛있는 술만은 아닐 겁니다. 그것은 결국 어떤 장면과 마음이 함께 있었는가의 문제입니다.

이 순간 당신에게 떠오르는 책과 술은 무엇인가요? 어쩌면 지금 당신의 마음을 스친 한 권과 한 잔이 떠올랐을지도 모릅니다. 혹시 아직 없다면 괜찮습니다. 언젠가 당신을 울리고 웃게 할 책이, 그리고 당신의 기억을 물들이게 될 술이 조금씩 다가오고 있을 테니까요. 인생 책도 인생 술도 결국은 당신의 시간과 마음이 스며든 순간을 만나야만 그 의미를 가지게 되니까요. 그리고 언젠가 그 책과 잔이 지금의 당신을 다시 만나러 올 것입니다.

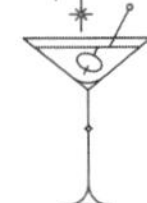

독서 모임 공지사항에는 '이성 교제를 목적으로 한 가입을 금지한다'는 문구가 적혀 있습니다. 모임 내 연애 역시 가급적 지양하는 편입니다. 사전에 불필요한 갈등을 예방하기 위함이죠. 상대방이 부담을 느낄 만큼 적극적으로 대시하거나 과도한 관심을 보인다면 그 불편함은 개인을 넘어 모임 전체의 분위기까지 해칠 수 있으니까요. 그렇다고 해서 자연스러운 대화 속에서 싹트는 호감을 완전히 막을 수 있을까요? 사람 사이의 끌림은 본능에 가까운 일입니다.

모임을 만들기 전, 저보다 먼저 독서 모임을 운영하던 지인에게 물은 적이 있습니다. "모임 내 연애로 인한 트러블이 생기면 어떻게 대처해?" 지인은 잠시 생각하더니 이렇게 말했습니다. "그건 사적인 감정의 영역이기 때문에 사전에 명확한 기준은 필요해. 하지만 그 기준 안에서도 상황에 따라 유연하게 대응하는 게 좋아. 감정을 법처럼 통제할 수는 없거든." 그 말을 들으며 깨달았습니다. 금지라는 단어 하나로 모든 변수를 막을 수는 없다는 것. 관계는 법령처럼 일방적으로 다루기 어려운 인간적인 영역에 속한다는 점이었죠.

어느 날이었습니다. 모임이 끝나고 가벼운 대화를 나누던 자리에서 한 회원이 슬쩍 웃으며 이야기를 꺼냈습니다. "사실… 같이 있던 ○○님이랑 연애하게 됐어요." 속으로 '역시나' 하고 생각했지만 겉으로는 큰 반응을 보이지 않았습니다. 아마 놀라거나 호들갑스러운 반응을 기대했을지도 모릅니다. 하지만 저는 담담하게 "아, 그렇군요." 하고 넘어갔습니다. 사실 전부터 두 사람이 함께하는 자리가 잦아지고 대화의 결이 달라졌다는 걸 느끼고 있었거든요. 어쩌면 당사자들만 몰랐을 뿐, 몇몇 사람들은 눈치챘을 겁니다.

멋쩍게 웃으며 그 회원이 말했습니다. "생각보다 너무 담담하시네요. 놀라실 줄 알았는데. 그나저나 저희가 모임 내 연애 금지 조항을 어겼네요." "그럴 수 있죠. 우리가 금지한 건 이성 교제를 목적으로 가입하는 행위지, 자연스럽게 생긴 감정까지 통제할 수 있는 건 아니니까요." 독서 모임 운영자이자 바텐더라는 위치는 생각보다 사람들의 작은 변화를 잘 읽게 해줍니다. 잔을 비우는 속도, 서로를 부르는 목소리의 높낮이, 대화 사이사이 흘러나오는 웃음소리까지. 그런 것들이 모이면 말하지 않아도 느낄 수 있는 기류가 만들어집니다.

대화를 나누던 중 머릿속에 1800년대 후반 미국 사회의 한 장면이 스쳤습니다. 당시 미국에서는 술을 마신 뒤 가정 폭력이나 범죄를 저지르거나 출근하지 않아 노동 생산성이 떨어지는 일이 잦았습니다. 일부 종교 단체와 사회개혁가들은 알코올을 사회 악의 근원으로 보고 술을 없애야 가정과 사회가 건강해진다고 주장했습니다. 그들에게 술은 단순한 기호품이 아니라 빈곤과 폭력, 타락을 불러오는 악마의 음료였던 셈입니다.

결국 1920년부터 1933년까지 미국 전역에서 주류의 제조·판매·운송을 전면 금지하는 '금주법'이 시행됩니다. 수정헌법 제18조가 비준되어 알코올 도수 0.5% 이상의 음료를 만드는 것조차 불법이 되었죠. 목적은 술로 인한 사회적 문제를 사전에 차단하는 것이었습니다. 술을 없애면 범죄와 빈곤이 줄고 사회가 더 평온해질 것이라는 확신이 그 바탕에 있었습니다.

하지만 결과는 전혀 달랐습니다. 겉으로는 술을 없앴다고 선언했지만 사람들은 오히려 더 은밀하고 조직적인 방법으로 술을 찾기 시작했습니다. '스피크이지Speakeasy'라 불리는 비밀 술집이 도심 곳곳에 생겨났고 밀주 제조와 밀수입이 폭발적으로 늘었습니다. 이런 비밀 술집은 두터운 철문을 두고 암구호를 대거나 초대받은 사람만 들어갈 수 있었으며, 안에서는 큰 소리로 떠드는 것조차 조심스러웠습니다. 이러한 은밀한 문화와 폐쇄적인 분위기는 지금의 '스피크이지 바'라고 불리는 콘셉트의 원형이 되었죠.

합법적인 주류 생산 업체는 줄줄이 문을 닫았고 도매상과 소매상, 유통업자, 오크통을 만드는 쿠퍼리지Cooperage 업계, 벌목소와 제재소까지 줄줄이 도산했습니다. 정부는 막대한 주세 수입을 잃었고 불법적이거나 비공식적으로 운영되는 시장의 돈은 조직범죄 세력의 손으로 흘러 들어갔습니다. 사회가 더 안전해지기는커녕, 범죄와 부패가 늘어난 셈입니다.

민심의 향방을 간파하듯 1932년 대선에서 프랭클린 D. 루스벨트는 금주법 철폐를 공약으로 내세웠습니다. 국민들은 합법적인 주류 시장의 회복과 음주 문화의 정상화를 원했고 정부는 여기에 더해 안정적인 세수 확보를 통해 경제 회복의 발판을 마련하고자 했습니다. 1933년, 미국은 수정헌법 제21조를 비준하며 금주법을 공식 폐지했습니다. 술을 법으로 금지하는 것이 오히려 사회 질서를 해친다는 사실을 인정한 것이었죠. 이후 정부는 주류 산업을 합법화하고 세금과 규제를 통해 사회적 부작용을 관리하는 방향으로 정책을 전환했습니다.

미국의 금주법 여파는 대서양을 건너 스코틀랜드 위스키 시장에도 닿았습니다. 많은 증류소가 미국 수출길이 막히며 시장 축소와 재정난으로 문을 닫게 됩니다. 하지만 그중 글렌피딕 증류소는 달랐습니다. 금주법을 단순한 위기로만 보지 않고 오히려 기회로 삼았습니다. 생산량을 줄이기는커녕 마치 금주법을 비웃기라도 하듯 오히려 늘렸습니다. 언젠가 돌아올 시장을 내다본 전략이었고 이는 금주법 폐지 이후 곧바로 미국 시장을 장악하는 발판이 되었습니다. 위기를 반전시키는 통찰과 준비가 있었던 겁니다.

이 모든 사례가 말해주는 건 단순합니다. 금지한다고 해서 모든 것을 통제할 수 있는 건 아니라는 사실입니다. 오히려 전면적인 금지는 대상을 음성화시키고 더 통제하기 어렵게 만들 수 있습니다. 독서 모임에서 연애를 금지한다고 해서 호감과 끌림이 사라지는 건 아닙니다. 마음만 먹으면 모임을 탈퇴하고 바깥에서 만나면 그만이니까요. 중요한 건 최소한의 기준을 세우고 건강한 분위기를 지켜나가는 일입니다. 단지 서로를 좋아하게 됐다는 이유만으로 모임에서 내쫓거나 관계를 단절시키는 건 너무 가혹하지 않을까요?

술과 사랑, 둘 다 마찬가지입니다. 무턱대고 꽉 막기보다 각자가 책임감을 가지고 즐길 수 있는 환경을 만드는 쪽이 훨씬 현명하죠. 술이 법의 벽을 뚫고 비밀스러운 자리에서 더 짙게 향을 풍겼듯, 마음의 끌림 역시 억누를 수 없는 힘을 가집니다. 중요한 건 그 힘을 부정하거나 억압하는 것이 아니라 안전하고 지속 가능한 방식으로 길들이고 함께 나누는 일일 것입니다.

독서 모임 내 '의도적인 이성 교제 목적'은 금지지만 건강하고 열린 관계 속에서 자연스럽게 서로를 알아가시길 바랍니다. 이곳에서 싹트는 모든 좋은 인연과 이야기를 진심으로 응원합니다. 다만, 이 글을 읽고 '아, 나도 연애하러 가야겠다.'라는 생각이 드셨다면… 그 마음은 조용히 책갈피에 끼워두고 와 주시길 바랍니다.

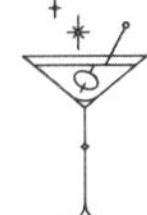

　바Bar는 마음이 모이는 곳이 아닐까 생각을 해봅니다. 하루를 끝내고 가벼운 한 잔으로 숨을 고르려는 마음. 묵혀둔 이야기를 풀어놓고 싶은 마음. 혹은 그저 사람들의 온기를 곁에 두고 싶은 마음. 그렇게 서로 다른 사연과 감정을 품은 사람들이 '바라는' 마음을 안고 이곳에 들어섭니다. 문을 열고 들어서는 순간, 바깥세상과는 결이 다른 공기가 맞이합니다. 조심스럽게 깔린 음악, 잔이 부딪히는 소리 속에서 누군가는 긴장을 풀고, 누군가는 오늘 밤의 기대를 품습니다.

　미국의 금주법 시대, 사람들은 깊은 밤 아무도 몰래 두꺼운 문을 두드렸습니다. 작은 창이 열리고 안쪽에서 날카로운 눈빛이 스치면 준비해둔 암호를 속삭입니다. 철문이 열리고 어둠 속으로 좁고 긴 계단이 이어집니다. 지상에서는 금지된 것이 지하에서는 허락되고 심지어 더 반짝였습니다. 그곳이 바로 스피크이지 바였습니다. 그곳에는 어떤 마음들이 모였을까요. 단순히 술을 마시고 싶다는 욕망만은 아니었을 겁니다.

하루의 끝에 억눌린 자유를 잠시라도 풀고 싶은 마음, 같은 부류의 사람을 알아보고 연대감을 확인하려는 마음. 금지라는 억압을 뚫고 비밀을 공유하는 사람들만이 느낄 수 있는 묘한 동지애. 그 마음들이 모여 작은 지하 공간을 뜨겁게 데웠습니다. 사람들은 잠시나마 현실을 잊고 금지된 세계의 문을 넘어선 이들만이 누릴 수 있는 해방감을 맛보았습니다. 그 시절 바에는 참으로 다양한 얼굴이 있었습니다.

정치인, 작가, 재즈 뮤지션, 은행원, 심지어 법을 집행하는 공무원까지도 비밀리에 이곳을 찾았습니다. 누군가는 시대의 금기를 깨는 짜릿함을 즐기러 왔고 또 누군가는 이곳에서만 나눌 수 있는 대화를 위해 발걸음을 옮겼습니다. 바깥세상에서는 결코 허락되지 않는 음악과 춤, 그리고 웃음이 이 안에서는 마음껏 허용되었습니다. 그 순간만큼은 모두가 같은 편이었고 이 은밀한 공간은 잠시 자유를 되찾은 사람들의 은신처가 되었습니다.

바에서 스친
이야기들

지금의 바 역시 그런 마음이 모이는 곳이길 바랍니다. 다만, 이곳은 술을 마시는 것만으로 그 의미가 완성되는 공간이 아니었으면 합니다. 술을 사랑하는 사람은 물론이고, 술과 거리를 두는 사람도 주저 없이 발걸음을 옮길 수 있는 자리. 술을 좋아하지 않는다고 해서 혹은 몸이 따라주지 않는다고 해서 바의 공기와 분위기를 누리지 못한다면 그것만큼 서운한 일도 없습니다. 술잔 대신 커피잔이나 논알콜 칵테일 한 잔을 올려두어도 전혀 어색하지 않은 곳. 술을 마신다는 행위보다 함께하는 시간과 그 시간 속에서 피어나는 관계를 더 귀하게 여기는 곳. 그것이 내가 꿈꾸는 바의 모습입니다.

이런 마음을 품게 된 데에는 한 칵테일이 있습니다. 이름하여 셜리 템플Shirley Temple. 이 술은 한 시대를 풍미했던 아역 배우 셜리 템플에게서 왔습니다. 그녀가 아역으로 큰 인기를 누리던 시절, 하와이 와이키키의 로열 하와이안 호텔에 머물게 되었는데, 당시 미성년자였던 그녀는 술을 마실 수 없었습니다. 그때 호텔의 바텐더가 다른 손님들과 같은 분위기를 느낄 수 있도록 특별히 만들어준 음료가 바로 이 칵테일입니다. 진저에일에 석류 시럽을 더하고 얼음 위에 체리 한 알을 띄워 보기에도 맛도 사랑스러운 한 잔. 어린 배우를 위해 탄생한 이 음료는 이후 술을 마시지 않는 어른들에게까지 인기를 끌며 지금도 전 세계 바

의 메뉴판에 이름을 올리고 있습니다.

"논알콜 메뉴도 있나요?" "논알콜 메뉴가 많진 않지만 몇 가지 준비되어 있습니다. 저는 셜리 템플을 추천드려요. 진저에일에 석류 시럽을 더한 칵테일인데 달콤하면서도 상쾌하고 목 넘김이 깔끔해 가벼운 칵테일 맛을 느낄 수 있습니다. 1930년대 아역 배우 셜리 템플을 위해 만들어진 칵테일이죠." "아역 배우를 위한 칵테일이라… 참 다정하네요. 저는 그걸로 부탁할게요."

셜리 템플은 단순히 예쁜 논알콜 음료가 아니라 '마음을 배려한 한 잔'이라고 생각합니다. 술을 마실 수 없는 사람도, 마시지 않으려는 사람도 모두 잔을 들고 같은 무대에 설 수 있게 한 배려. 그것이 바로 바텐더의 친절함이자 내가 만들고 싶은 공간의 얼굴입니다. 한 사람의 취향과 사정을 존중하는 그 한 잔은 단순한 음료를 넘어 '당신도 이 자리에 함께 있다'는 메시지를 전합니다. 그 배려가 쌓이면 바는 술을 나누는 곳을 넘어 마음을 나누는 곳이 됩니다.

술잔이 오고 가는 사이, 술을 전혀 마시지 않는 손님들도 있습니다. 차를 가져와서 술을 피하는 사람, 다음 날 이른 아침 병원 예약이 있어 물만 마시는 사람, "같이 마시지 못해 아쉽다."

고 말하면서도 기꺼이 그 자리에 앉아 있는 사람. 술은 즐겨 마시지 않지만 이 공간이 좋다며, 논알콜 칵테일을 주문해 조용히 책을 읽는 사람. 그들이 자리를 지키고 있는 모습을 볼 때마다 저는 바가 단순히 음주를 위한 공간이 아니라는 사실을 새삼 깨닫습니다. 술이 있든 없든, 이야기가 있고 사람이 있다면 바는 존재 이유를 갖는다는 것을요.

어떤 날, 어떤 때는 술을 마시는 사람보다 더 깊이 바라보고, 더 온전히 머무르고, 더 오래 기억하는 사람들이 있습니다. 그들은 이곳에서 취기를 대신할 무언가를 찾습니다. 그것은 대화일 수도, 조용한 사색일 수도, 음악일 수도, 혹은 그냥 함께 있는 시간일 수도 있습니다. 한 잔의 논알콜 칵테일을 사이에 두고, 서로의 이야기에 귀를 기울이며 천천히 시간을 나눕니다. 나는 그런 사람들의 시선도 좋아합니다. 그들의 눈에는 취기 대신 온기와 기억이 고요히 머물러 있습니다.

바라는 마음이 모이는 곳. 그것은 '이루어지길 바라는' 마음이기도 하고, 'Bar'라는 마음이 모이는 공간이기도 합니다. 이루고 싶은 꿈, 머물고 싶은 자리, 잊고 싶은 하루, 혹은 다시 시작하고 싶은 용기. 각자 다른 모양의 그리움과 희망, 기대와 위로가 이곳에서 부딪히고 스며듭니다. 여러 재료가 한 잔의 칵테일로 어우러지듯 서로 다른 사연이 섞이고, 그 속에서 새로운 이야기가 태어납니다. 저는 이 바라는 마음들이 잔 속에만 머무르지 않고, 사람과 사람 사이를 오가며 오래도록 남기를 바랍니다. 이곳을 찾은 발걸음이 잠시 머물렀다가도, 다시 돌아오고 싶어지는 이유가 되기를 바랍니다.

내가 오크통에 담긴 위스키라면,

나는 어떤 오크통에서 숙성되고 있을까?

한 잔이

더 진

질문

위스키를 제대로 즐기는 방법에는 세 단계가 있습니다. 바로 향Nose, 맛Palate, 그리고 여운Finish입니다. 처음 잔을 들고 코에 가까이 가져가면 가장 먼저 마주하게 되는 건 향입니다. 위스키를 코끝에 가져가는 순간 우리는 그 술의 첫인상과 만나게 됩니다. 마치 처음 만나는 사람과 조심스럽게 악수를 나누는 것처럼 집중해서 향을 음미하게 되지요. "나는 이런 사람이야."라고 말하듯 코끝에 맺히는 향은 위스키의 성격을 은근히 드러냅니다. 어떤 분은 달콤하다고 표현하고 또 어떤 분은 그저 알코올 향이라고 말하기도 합니다.

그다음은 맛의 단계입니다. 입안에 술을 머금는 순간 향이 아닌 촉각이 혀 위에서 살아납니다. 혀끝에서 느껴지는 단맛, 혀 가장자리에서 퍼지는 쌉싸름함, 그리고 혓바닥에서 밀고 들어오는 알싸한 스파이시까지. 감각들이 입안 전체를 빙 둘러가며 퍼지지요. 위스키의 맛과 향은 마치 사람의 성격처럼 술마다 전혀 다릅니다. 어떤 술은 입에 머금는 순간 꿀이나 캐러멜처럼 부드럽고 달큰한 맛이 퍼지지만 또 다른 술은 스파이시한 향신료가 미뢰를 톡톡 건드리기도 합니다.

마지막은 피니쉬. 위스키를 삼킨 뒤에도 끝나지 않는 그 여운. 입안과 목뒤, 코끝과 가슴 아래까지 잔향이 길게 이어집니다. 다크 초콜릿의 쌉싸름함, 후추의 매콤함, 그리고 가볍게 피어나는 연기 같은 향이 함께 남습니다. 오래된 기억처럼 갑자기 떠오르다 오래 머뭅니다. 위스키는 그렇게 다 마셨다고 끝나는 술이 아닙니다. 오히려 다 마신 뒤에야 비로소 시작되는 술인지도 모릅니다.

흔히 어떤 위스키를 설명할 때 '레이어가 복합적이다'라고 말합니다. 향과 맛, 여운이 단일하지 않고 겹겹이 쌓여 있다는 뜻이겠지요. 어떤 술은 첫 향에서 곧바로 자신을 드러내지만 또 어떤 술은 시간을 들여야 비로소 본모습을 내어줍니다. 겉으로는 바닐라처럼 부드럽지만 그 안쪽에는 토피나 다크 초콜릿 같은 깊은 맛이 숨어 있는 술들. 처음에는 허브, 감귤, 민트, 사과, 꿀이 가볍게 인사했다가, 시간이 흐르면 가죽, 오크, 피트 같은 묵직한 풍미가 천천히 고개를 듭니다. 단순히 맛있다고 말하기엔 설명해야 할 것이 너무 많은 술. 그래서 복합적이라는 표현이 자연스럽게 따라붙는 것인지도 모르겠습니다.

혼자 마시는 술도 이와 같습니다. 감정 역시 복잡한 레이어를 가지고 있으니까요. 처음엔 그저 조용히 있고 싶다는 마음에서 시작되지만 잔을 기울일수록 감정의 결이 서서히 달라지기 시작합니다. 하루를 떠올리며 피식 웃기도 하고 불현듯 울컥해지기도 하며 때로는 전혀 예상하지 못했던 기억이 떠올라 가슴 한구석이 먹먹해지기도 합니다. 술을 마신다고 해서 항상 기분이 좋아지는 건 아닙니다. 어떤 날은 웃으며 시작한 술이 마지막엔 뜻밖의 슬픔으로 끝나기도 하지요.

혹시 생일날 혼자 술을 마셔보신 적 있으신가요? 성인이 되고 나면 생일의 의미가 점점 옅어집니다. 어릴 땐 케이크를 고르고 친구들과 사진을 찍고 누군가의 축하를 기다리기도 했지만 어른이 된 이후의 생일은 그렇게 들뜬 날이 아니게 됩니다. 그럼에도 불구하고 누군가는 조용히 기분을 내기도 합니다. 나름대로 특별한 하루라며 부모님께 전화를 드리고 마음에 드는 음식을 챙기고 어쩌다 마주한 조용한 저녁에 술을 한 잔 따릅니다.

　냉장고를 열어 간단히 안주 삼을만한 걸 찾아봅니다. 치즈 몇 조각, 견과류 조금. 그리고 옆에 놓인 반쯤 비워진 위스키 한 병. 한동안 손대지 않았던 그 술을 오늘은 꺼내기로 했습니다. 딱히 이유는 없습니다. 굳이 이유를 붙이자면 '생일이니까' 정도. 생일이니까, 나를 위해 한 잔. 잔을 꺼내어 조심스레 따릅니다. 진한 호박색 액체가 투명한 유리잔 안에서 천천히 고입니다. 바닥을 적시는 소리, 가볍게 퍼지는 알코올 향. 조용한 밤, 그 순간만큼은 오롯이 나를 위한 시간처럼 느껴집니다.

　허니, 바닐라, 그리고 약간의 시트러스. 첫인상은 부드럽고 달콤합니다. 여린 귤껍질을 벗길 때처럼 산뜻한 향이 스쳐갑니다. 조심스럽게 다가오는 향들이 마음의 경계를 조금씩 풀어줍니다. 오늘 하루를 조용히 보내기로 마음먹었던 저를 어쩌면 이 향이 먼저 위로하고 있었는지도 모르겠습니다. "오늘은 나를 위한 날." 마시기도 전에 그렇게 중얼거렸습니다. 누가 챙겨주거나 축하하지 않아도 괜찮습니다. 잔을 들고 향을 맡는 이 순간 저는 스스로를 위해 시간을 건넵니다. 마치 어릴 적 생일 케이크 촛불을 끄기 전 소원을 빌던 그 짧고도 선명한 순간처럼.

한 잔이 던진
질문

문득 웃음이 나기도 합니다. 내가 이런 생각을 하며 술을 마시고 있다는 게 웃기기도 하고 짠하기도 해서요. 어른이 된 이후의 생일은 점점 평범해집니다. 케이크나 선물에 대한 기대도 없이 그저 평범한 하루로 지나가지만 사람 마음이란 참 간사해서 아무 일 없는 오늘이 괜히 특별했으면 하고 바라게 됩니다. 누군가 미역국이라도 끓여줬다면 좋았을 걸요. 문득 작년 생일이 떠오릅니다. '그때는 누구와 있었더라…', '이 년 전에는 어디에서 뭘 했었지…', '십 년 전의 나는 어떤 얼굴이었을까…'

기억을 하나하나 꺼내보며 위스키를 마십니다. 처음의 강렬한 스파이시함이 어느 순간 따뜻하고 부드러운 향으로 바뀌고 마침내 짙은 스모키한 여운으로 남듯이 감정도 처음과는 다르게 흘러갑니다. 웃음과 함께 시작했지만 끝자락에는 어쩐지 조용히 가라앉는 마음이 남습니다. 그런데도 이상하게 슬프지만은 않습니다. 어쩌면 이런 감정의 흐름이야말로 제가 이 시간을 진짜로 살아가고 있다는 증거처럼 느껴지니까요.

어쩌면 사람들이 말하는 혼자 마시는 술의 쓸쓸함은 그 속에 담긴 솔직함 때문인지도 모르겠습니다. 혼자 마시는 술은 거짓말을 하지 않습니다. 억지로 웃을 필요도 분위기를 띄울 이유도 없지요. 그냥 나답게 지금의 제 감정대로 마시면 됩니다. 향이 그렇고, 맛이 그렇고, 피니쉬가 그렇듯이. 겉으로는 잔잔해 보이지만 그 안에는 수많은 감정들이 겹겹이 숨어 있습니다.

위스키의 레이어가 복합적인 것처럼 혼자 마시는 술도 그렇게 겹겹이 겹쳐 있습니다. 향처럼 스쳐 가는 기억, 혀끝에서 맴도는 감정, 그리고 끝내 남겨지는 어떤 진심. 그렇게 쌓인 감정들이 복합적인 한 잔을 완성합니다. 어느 덧 마지막 잔을 내려놓고 창밖을 바라봅니다. 가로등 아래로는 비가 내리고 희미한 조명이 흐릿한 마음을 감싸듯 번져갑니다. 내 생일의 끝, 이 감정은 마지막 피니쉬처럼 느껴집니다. 어쩌면 그 여운이 오늘 하루의 진짜 의미일지도 모르겠습니다. 이렇게 하루가 또 한 겹의 기억으로 내 안에 쌓여갑니다.

영화 <소공녀>(전고운, 2018)는 '미소'라는 이름을 가진, 정작 현실에서는 그리 웃을 일이 많지 않은 한 여성이 거리를 떠돌며 살아가는 이야기입니다. 새해가 되자 그녀가 머물던 원룸의 월세가 오르게 됩니다. 가진 것은 많지 않고 급여는 일정치 않았습니다. 선택의 기로에 선 그녀는 집을 포기하게 됩니다. 대신 새집을 구할 때까지 대학 시절 밴드 활동을 함께했던 친구들의 집을 전전하기로 결심합니다. 다섯 명의 친구, 다섯 개의 공간, 잠깐의 머무름. 그리고 이내 떠남. 그런 삶 속에서도 그녀가 끝내 놓지 못한 두 가지가 있었습니다. 바로 위스키와 담배.

그녀의 선택을 이해하지 못한 친구도 있었습니다. "그런 거 좀 줄이면 집 구할 수 있잖아."라는 말이 수없이 반복되었지요. 그럴 때마다 미소 씨는 애써 웃어 보였습니다. 이름과는 달리 웃을 일이 많지 않았던 현실 속에서 위스키 한 잔은 그녀가 마지막까지 지키고 싶은 '나'의 일부였습니다. 이 영화에서 위스키는 단순한 술이 아니었습니다. 그것은 그녀가 하루를 버틸 수 있게 해주는 작은 의식이자 자신을 자신으로 존재하게 하는 유일한 장치였지요. 더 이상 머무를 곳이 없게 되자 그녀는 공원에 텐트를 치고 살아갑니다. 눈이 내리는 날, 텐트 속에서 홀로 술을 마시는 미소의 모습을 마지막으로 영화는 조용히 끝납니다.

한 모금의 위스키가 삶의 무게를 지탱해 줄 수 있다면 그것은 사치일까요, 위안일까요. 국어사전은 '사치'를 이렇게 정의합니다. "필요 이상의 돈이나 물건을 쓰거나 분수에 지나친 생활을 함." 그런데 여기서 말하는 '필요'의 기준은 무엇일까요? 개인일까요, 사회가 정한 것일까요, 아니면 시장이 결정한 것일까요? 최소한의 생존 조건만을 충족한 채 살아야만 정직한 삶이라고 말할 수 있을까요.

사치라는 단어는 본질적으로 상대적입니다. 누군가에게는

책 한 권이 사치고 또 다른 이에게는 매일 밤 마시는 수입 맥주가 사치입니다. 어떤 이에게는 한 달에 한 번 가는 미용실조차 사치일 수 있죠. 반면에 어떤 사람들에게는 수백 수천만 원짜리 명품 가방이 일상적인 소비에 불과합니다. 그저 필요에 의한 지출로 소비하는 셈이죠. 사치는 절대적인 가치가 아니라 개인의 경제적 상황, 사회적 배경, 그리고 가치관에 따라 달라지는 상대적인 개념입니다.

하루에 위스키 한 잔을 마시는 사람과 매일 아메리카노 두 잔을 테이크아웃하는 사람 사이에 과연 어떤 차이가 있을까요? 어떤 선택은 취향으로 또 다른 선택은 사치로 규정되는 이 이중적인 기준은 과연 어디에서 비롯된 걸까요? 결국 사치의 기준이 다르듯 위로의 방식도 사람마다 다를 수밖에 없습니다. 누군가에겐 음악이 또 누군가에겐 산책이 어떤 이에게는 조용한 위스키 한 잔이 하루를 버티게 해주는 위로가 되기도 합니다. 위로의 방식은 제각기 다른데 그것을 쉽게 평가하고 단정 지어버리는 시선이 씁쓸하게 느껴집니다.

회사에 다니던 시절, 작고 소중한 월급이 들어오는 날이면 방앗간처럼 바에 들르곤 했습니다. 말없이 누군가의 공간에 기대어 나 자신을 회복하는 기분이었지요. 하루가 조용히 가라앉는 순간은 굳이 말이 필요 없는 시간이기도 했습니다. 어떤 날은 흘러나오는 음악에 집중했고 어떤 날은 잔을 바라보며 한참을 멍하니 고요에 잠기기도 했습니다. 그 공간엔 늘 각자의 이유로 온 손님들이 있었습니다. 혼자 책을 읽는 사람, 조용히 웃으며 친구와 마주 앉아 있는 사람, 또는 아무 말 없이 음악을 듣는 사람. 그 시간 속에서 저는 살아 있음을 느꼈습니다.

바에서 어떤 이들은 중요한 기념일을 축하하며 평소 마시던 것보다 비싼 위스키를 시킵니다. 어떤 날은 특별하지 않아도 스스로에게 의미를 부여하며 위스키 한 잔을 따릅니다. 반대로 어떤 날은 무너지지 않기 위해, 견디기 위해, 조용히 한 잔을 주문하기도 하죠. 같은 위스키일지라도 잔을 들고 있는 사람의 마음은 모두 다릅니다. 사치와 위안, 낭비와 취향, 혹은 낭만과 현실. 우리는 늘 그 경계 위를 걷고 있습니다. 때로는 사치처럼 보이는 것이 가장 필요한 것이기도 하고 위안처럼 보이는 것이 오히려 어느 날에는 독이 될 수도 있습니다. 그래서 우리는 묻습니다. 무엇이 나를 지켜주는가. 무엇이 나를 무너지지 않게 하는가.

어느 날 한 커플이 모퉁이 자리에 앉아 시간을 보내고 있었습니다. 말수가 많진 않았지만 낮은 소리의 웃음이 끊이지 않았고 서로를 바라보는 눈빛엔 애정이 담겨 있었습니다. 침묵 속에서도 잔을 맞대는 짧은 순간에 서로를 이해하고 위로하는 마음이 조용히 오갔을지도 모릅니다. 그렇게 한두 시간이 흐르고 자리를 정리하던 중 저는 책상에 놓인 작은 메모를 발견했습니다. "매일이 오늘 같으면 좋겠어." 낙서처럼 적힌 그 한 줄에 그들이 어떤 마음으로 그곳에 앉아 있었는지 짐작하게 됩니다.

그날은 유난히 마음이 지치는 하루였습니다. 별다른 이유는 없었지만 온종일 기운이 없었고 생각도 많았습니다. "매일이 오늘 같으면 좋겠어." 그 문장을 읽는 순간 멈칫하게 되었습니다. 누군가에게는 이 공간에서의 오늘이 오래 기억되기를 바란다는 말 한마디가 저에게는 뜻밖의 위안이 되었습니다.

바를 운영하는 입장에서 위스키가 사치일지, 취향일지, 위로일지에 대해 한 번씩 생각합니다. 어떤 잔은 고단한 하루를 무사히 마친 스스로에게 건네는 작은 위안일 수 있고 또 어떤 잔은 인생의 전환점에서 기억될 첫 시작이 되기도 합니다. 누군가에게 지나간 시간을 돌아보게 하고, 또 누군가에게는 다가올 미래를 그리게 합니다. 겉으로는 모두 비슷해 보일 수 있지만 그 안에 담긴 마음은 각기 다릅니다.

　이곳을 찾는 손님들은 저마다의 이야기를 품고 바에 들어섭니다. 똑같은 술, 같은 유리잔, 같은 동작이 반복되지만 그 순간마다 이 공간에 흐르는 분위기와 잔의 의미는 달라집니다. 저는 그 마음들을 굳이 해석하려 들지 않습니다. 어떤 날은 말없이 가만히, 어떤 날은 조용한 끄덕임 하나로 충분합니다. 의미를 붙잡아 단정 짓기보다는 그저 그 밤의 감정이 흘러가도록 두는 것이 더 진실하다고 느낍니다.

　그래서 저는 이제 더 이상 생각하지 않기로 했습니다. 그 잔이 사치였는지, 취향이었는지, 위로였는지. 판단은 저의 몫이 아닌 것 같아서요. 그것은 오롯이 그 잔을 마시는 이의 몫입니다. 어떤 이에게는 부담스러운 지출일 수 있고 또 다른 이에게는 오랜만에 마주한 자기 자신일 수 있습니다. 그 한 잔이 어떤 의미로 기억되든 저는 그 자유를 소중히 여깁니다. 세상의 수많은 의미들이 소음처럼 밀려오는 시대에 해석하지 않고 다만 같은 잔을 따르는 일. 그것이 어쩌면 저의 역할이자 이 공간에서 끝까지 지키고 싶은 마음일지도 모릅니다.

　"위스키 맛의 30%는 원재료와 증류 과정에서, 나머지 70%는 오크통 속에서의 숙성 과정에서 결정된다."[10] 맥캘란의 총괄 디렉터 데이비드 콕스가 남긴 이 말은 단순한 위스키 설명을 넘어 삶에 대한 은유처럼 다가왔습니다. 사람도 마찬가지가 아닐까 하고요. 태어날 때 무엇을 타고났는지는 물론 중요합니다. 유전자, 기질, 부모의 품, 자란 지역, 첫 교육의 환경들. 마치 보리와 물, 증류 방식이 초기 위스키의 성분을 결정하듯 말이죠. 그렇다면 사람의 풍미와 향은 어디서 결정될까요?

10 「싱글 몰트 위스키 '맥캘란'을 빚어내는 오크통의 비밀」(동아일보, 2010. 12. 17)

우리는 모두 처음에는 맑고 투명한 '스피릿Spirit[11]' 같은 존재로 세상에 태어납니다. 증류를 막 끝낸 무색의 알코올처럼 어디에도 아직 담기지 않은 채 그저 가능성으로만 존재하는 상태죠. 인생은 결국 그 스피릿이 어떤 오크통에 담기느냐의 여정일지도 모릅니다. 아무 색도 없던 액체가 서서히 나무의 결을 흡수하며 풍미를 만들어가듯 사람도 시간과 경험을 통해 자신만의 향을 입혀갑니다. 그리고 그것은 오랜 시간이 걸립니다.

숙성에 영향을 주는 요소는 생각보다 훨씬 많습니다. 오크통의 크기, 나무의 종류, 지역의 기후, 이전에 든 오크통의 내용물, 태움의 정도, 셀러의 온도와 습도, 셀러 안 통의 위치까지. 모든 조건이 위스키의 향과 맛을 만듭니다. 사람이 단 하나의 요소로 정의될 수 없듯이 우리가 어떤 사람이 되어가는지도 수많은 변수들이 작용한 결과입니다. 그 복잡한 과정 속에서 각자 인생의 향은 천천히 빚어져 갑니다. 문득 이런 질문을 던져봅니다. 나는 지금 어떤 오크통에서 숙성되고 있을까?

오크통의 크기는 숙성의 속도와 방향을 좌우합니다. 가장 일반적으로 사용되는 숙성통은 약 200리터 용량의 배럴Barrel이며 이보다 훨씬 큰 약 500리터 용량의 벗Butt도 있습니다. 배럴의 약 1/4 크기인 약 50리터의 쿼터캐스크Quarter Cask도 있죠. 쿼터캐스크는 표면적 대비 부피가 작기 때문에 액체가 나무와 닿는 면이 넓고 그만큼 재빨리 향을 흡수해 빠르게 익어갑니다. 하지만 숙성 속도가 빠른 만큼 섬세한 향의 균형이 부족하거나 숙성 과정에서 깊이를 충분히 끌어올리지 못하는 단점도 있습니다. 마치 속내는 채 무르익지 않은 채 겉만 화려해진 이야기처럼요.

돌이켜보면 저는 쿼터캐스크처럼 빠르게 익어가길 바란 삶을 추구했던 것 같습니다. 조급했죠. 어린 시절부터 무언가를 빨리 이루고 싶었고 남들보다 한 걸음 앞서 있기를 원했습니다. 남들보다 조금 더 일찍 책을 내고 싶었고 서른 즈음에는 누구나 인정할 만한 직장이나 내 이름을 건 무언가를 갖고 있어야 한다고 생각했습니다. 사람들에게 일찍 성공한 사람으로 보이고 싶었던 것 같습니다. 근거 없는 자신감으로 스스로를 꽤 특별한 사람이라 여기며 누구보다 빠르게 성과를 내고 싶었던 시절이 분명 있었습니다.

삶의 겉모습이 제법 그럴듯해 보이길 바랐고 사람들에게 그런 모습으로 비치고 싶었습니다. 삶의 표면은 진해졌지만 깊이가 부족하다는 걸 어느 날 문득 깨닫게 되었습니다. 너무 빨리

익으려 했던 나머지 내 안에 깊이가 부족하다는 걸 인정할 수밖에 없는 시간이 찾아왔습니다. 서른 즈음 그 모든 것을 잠시 내려놓았을 때였습니다. 그제야 알게 됐습니다. 진짜 향은 오랜 시간과 인내의 산물이라는 걸요. 이제는 조금은 알 것 같습니다. 서두르지 않아도 괜찮다는 것을. 지금의 속도도 충분하다는 것을. 그리고 진한 향은 빠르게 나오지 않는다는 것을요.

위스키의 풍미를 결정짓는 데 가장 큰 요소는 이전 숙성주의 흔적입니다. 위스키를 담는 오크통은 그 안에 담겨 있던 술의 영향을 받습니다. 셰리 캐스크에서 숙성된 위스키는 진하고 달콤한 말린 과일의 향이 납니다. 버번 캐스크는 부드러운 바닐라와 꿀의 향을 더하고 와인 캐스크는 포도껍질의 탄닌과 은은한 산미를 위스키에 불어넣습니다. 같은 증류 원액이라도 어떤 캐스크를 만나느냐에 따라 전혀 다른 개성을 지닌 위스키가 탄생하는 것이죠.

사람도 마찬가지로 자신만의 오크통 속에서 과거의 기억과 감정을 흡수하며 점점 깊어지는 존재가 아닐까 생각합니다. 과거의 관계, 실패의 기억, 좋아했던 책 한 권, 누군가의 따뜻한 말 한마디. 그리고 그 반대의, 상처나 실망, 고통의 순간조차도 우리 안의 향으로 남습니다. 때로는 상처가 더 진한 향을 남깁니

다. 그렇기에 어떤 사람은 셰리 캐스크 같은 깊고 묵직한 향을, 또 어떤 사람은 와인 캐스크처럼 다채롭고 낯선 향을 풍기는지도 모르겠습니다.

숙성이 끝난 위스키는 병에 담깁니다. 그러면 더 이상 향은 바뀌지 않습니다. 병 안의 위스키는 시간이 지나도 그대로입니다. 투명하고 고요한 병 안에서 변화 없는 맛을 유지하지만 더 이상 어떤 풍미도 새로이 얻지 않습니다. 그렇게 완성되는 셈이죠. 하지만 저는 그 상태가 두렵습니다. 언젠가부터 제 삶이 병 속 위스키처럼 살아가는 것은 아닐까 생각해보게 되었습니다. 더 이상 어떤 변화도 받아들이지 않고 새로운 관계도 맺지 않으며 익숙한 일상 속에서 변화 없는 맛만을 고집하는, 더 이상 향을 익히지 않는 존재.

저는 아직 병에 들어가지 않았다고 믿고 싶습니다. 여전히 누군가의 말에 마음이 흔들리고 새로운 공간에서 낯선 감정을 배우며 다음 숙성고로 들어갈 준비가 된 상태. 조금은 불완전하고 흔들리며 때때로 두렵기도 한 상태. 그런 상태가 살아있다는 것 아닐까요. 그리고 그 살아있음은 계속해서 익어가는 과정에 머무는 것이 아닐까요. 인생은 병입 된 순간이 아니라 익어가는 모든 순간들의 합이니까요. 저는 병입 된 위스키일까요? 아니면

한 잔이 던진
질문

여전히 오크통을 옮겨가며 숙성 중인 존재일까요?

　　때로는 삶이 너무 바빠 자신을 들여다볼 틈이 없거나 혹은 너무 오래 같은 자리에 머물러 있었기에 그 안에서 일어난 변화를 인식하지 못할 때가 있습니다. 그러다 문득 '나는 잘 살고 있는 걸까?'라는 메아리 같은 질문을 하기도 하지요. 하지만 그것 또한 숙성의 한 과정일지도 모릅니다. 모든 숙성에는 무의식의 시간이 필요하니까요. 겉으로는 아무 일도 일어나지 않는 듯 보여도 술이 오크통 속에서 보이지 않는 방식으로 천천히 익어가듯 우리 역시 의식하지 못하는 사이 조금씩 변하고 단단해지며 깊어져 갑니다. 아무 일도 없는 것처럼 보이는 시간들이 사실은 가장 중요한 시간일 수도 있다는 걸 뒤늦게서야 깨닫게 됩니다.

　　한번은 이런 생각을 해봤습니다. '내가 오크통에 담긴 위스키라면, 나는 어떤 오크통에서 숙성되고 있을까?' 제주도 어딘가, 배럴에 담긴 위스키 원액이라고 상상해봅니다. 바닷바람이 스며들고 푸른 숲의 기운이 고요하게 배어드는 통. 한없이 느리고 조용한 환경 속에서 조금씩 향을 익혀가는 중일지도요. 혹은 세종이라는 도시의 담담한 리듬 속에서 셰리 벗에 담겨 진득하고 묵직한 풍미를 천천히 끌어올리고 있는 중일 수도 있겠습니다. 가끔 이런 실없는 상상을 하는 것도 참 재밌습니다.

회사를 그만두고 홀로 바를 꾸려가던 치열하고 불안했던 그 시절의 저는 어쩌면 쿼터캐스크에 담긴 스피릿이었을지도 모르겠습니다. 향은 짙고 존재감은 강했지만 어딘가 조급하고 아직 다듬어지지 않은 거친 시절. 빠르게 무언가를 이루고 싶어 안간힘을 썼고 그래서 더욱 서툴고 불안정했던 시간들이 떠오릅니다. 이 질문을 이제 당신에게 건넵니다. 지금 당신은 어떤 오크통 속에 담겨 숙성되고 있나요? 그 안의 온도는 어떠한가요? 향은 서서히 깊어지고 있나요? 언젠가 그 향이 우리가 서로의 잔을 조심스럽게 채워줄 수 있을 만큼 무르익기를 바랍니다.

한 잔이 던진
질문

엔젤스 셰어Angel's Share를 아시나요? 위스키가 오크 통에서 숙성되는 동안 매년 일정량이 공기 중으로 증발합니다. 사람들은 이 사라진 양을 단순히 감소량이라 부르지 않고 '천사들의 몫'이라는 시적인 이름을 붙였습니다. 어느 날 한 영상에서 이 단어를 들은 순간 저는 화면에서 눈을 떼고 잠시 생각에 잠겼습니다. 왜 하필 천사일까. 왜 잃어버린 것에 그렇게 다정한 이름을 건넸을까. 손해보다 따뜻하고 소실보다 묵직한 이 단어가 오래도록 머릿속을 맴돌았습니다.

스코틀랜드나 아일랜드 같은 서늘한 지역에서는 연간 약 1~2% 증발률을 보입니다. 반면 인도나 대만처럼 더운 기후에선 무려 10%에 가까운 양이 사라지기도 하지요. 흥미롭게도 더 많이 증발한 위스키일수록 더 빠르고 진하게 숙성됩니다. 마치 그만큼의 상실이 깊이를 더해주는 것처럼. 그걸 생각할 때마다 인간의 삶도 그와 닮아 있다는 생각이 듭니다. 더 많은 상처와 아픔을 견딘 이들이 오히려 더 복합적인 향을 지니게 되는 것처럼요. 어쩌면 그것이 엔젤스 셰어가 품은 진짜 의미일지도 모릅니다. 사라졌기에 남은 것들, 잃었기에 더해진 것들.

엔젤스 셰어라는 단어에는 위스키를 대하는 사람들의 태도가 담겨 있습니다. 단순히 숙성 과정에서 사라지는 증발량이라고 정의한다면 이 개념은 과학적인 설명에 머무를 겁니다. 하지만 위스키 장인들은 그렇게 생각하지 않았습니다. 매년 오크통에서 공기 중으로 날아가는 알코올을 보고 그 손실에 이름을 붙였습니다. 천사의 몫. 그 말에는 묘한 애정과 덤덤한 수용이 공존합니다. 그 증발이 없다면 위스키는 더 이상 깊어지지 못할 테니까요. 위스키는 증발을 품고 자랍니다.

그날따라 바도 조용했습니다. 낮은 조명 아래 술병들은 고요했고, 냉장고 모터 소리와 잔잔한 음악만이 공간을 채우고 있었죠. 그러다 문이 열리고 한 여인이 들어왔습니다. 천천히 걸어와 바 의자에 앉았고 아무 말 없이 메뉴판을 들여다보았습니다.

"위스키 잘 모르는데 오늘은 마셔보고 싶어요. 추천해주실 수 있을까요?" 저는 잠시 고민하다가 글렌드로낙 12년을 꺼냈습니다. 셰리 캐스크에서 숙성된 이 위스키는 묵직하면서도 달콤한 여운이 길게 남는 술입니다. 강렬하지는 않지만 그만큼 잔잔하게 오래 가는 위스키. 위스키 입문자들도 종종 그 부드러움에 끌려 다시 찾게 되는 술이기도 합니다.

잔을 건넸지만 그녀는 한참을 들지 않았습니다. 손끝으로 유리잔을 쓰다듬다가 마침내 입을 열었습니다. "사장님은 그런 적 있으세요? 서로 좋아했지만 타이밍이 안 맞았던 관계요." 저는 고개를 끄덕였습니다. 어쩌면 누구나 그런 기억 하나쯤은 갖고 있을 테니까요. 서로를 좋아하면서도 함께 갈 수 없었던 시간. 마음은 남았지만 말이 어긋나고 감정이 흘러간 그 거리. 그녀는 이내 말을 이었습니다. "그 사람이 그랬어요. 지금은 연애할 상황이 아니라고. 일이 너무 바쁘고, 여유가 없다고. 근데 나는… 그 말이 전부는 아니라고 생각했거든요. 그냥, 내가 덜 소중했던 게 아닐까. 내가 좀 더 기다렸다면 어땠을까. 그런 생각이 자꾸 들어요."

무슨 말을 해줘야 할지 한참을 망설였습니다. 위로라는 건 때로는 말이 아니라 침묵에서 비롯되기도 하니까요. 너무 조심

한 잔이 던진
질문

스러워야 하는 위로. 어떤 침묵은 더 많은 이야기를 들려주기도 합니다. 일정한 침묵 뒤에 조심스럽게 말했습니다. "좋아하는 사람을 보내는 일은… 참 어렵죠. 그런데 그 말을 한 사람도 그만큼 힘들지 않았을까요." 그녀는 짧게 대답했습니다. "정말 그럴까요?" 이어서 잔을 들어 한 모금 조심스럽게 마셨습니다. 무너지다 다시 다잡는 눈빛을 한 채 그녀는 잔을 내려놓고 아주 작은 목소리로 말했습니다.

"오늘은 왠지… 독한 술이 마시고 싶었어요." 짧은 한마디에 그동안 얼마나 많은 마음을 삼켰는지 알 것 같았습니다. 더 이상 묻지 않고 그저 잔을 채워주는 일이 그녀의 마음 한켠을 덜어내기를 바랐습니다. 잔을 다 비운 여인은 고개를 숙이며 인사했습니다. "감사해요. 오늘은 울지 않고 잘 마셨어요." 나는 말없이 고개를 끄덕이고 조심스레 인사를 건넸습니다. 씩씩하지만 어딘가 쓸쓸한 말을 남기고 그녀가 떠난 후 한동안 바는 다시 고요해졌습니다.

비워진 잔을 치우며 이전에 본 엔젤스 셰어가 떠올랐습니다. 그녀가 말한 관계, 타이밍, 어긋남. 그리고 마음속에 아직 사라지지 않은 감정들. 문득 그 모든 것이 엔젤스 셰어의 손실과 닮아 있다는 생각이 들었습니다. 위스키는 숙성되는 동안 조금씩 사라집니다. 그 아쉬운 손실이 없었다면 깊은 풍미도 없었겠지요.

살아가면서 우리는 끊임없이 뭔가를 잃습니다. 첫사랑의 기억, 기회가 되지 못한 가능성, 어릴 적 확신했던 꿈, 불타오르던 열정, 때론 가족, 친구처럼 언제나 곁에 있을 줄 알았던 관계들도 모두 증발하듯 사라집니다. 그리고 우리는 종종 그것을 상실이라고 부릅니다. 실수이기도 하고 자신의 부족함으로 자책하기도 하지요. 하지만 정말 그것이 실패일까요? 혹시 천사들에게 내어준 몫은 아닐까요? 무엇을 잃었든 그것이 당신을 어떤 방향으로든 변화시켰다면 그건 결코 헛되지 않았다고. 그건 천사들의 몫이었다고. 그렇게 말하고 싶습니다.

위스키가 증발 후에 더욱 깊은 풍미를 남기는 것처럼 상실 또한 우리를 더 복잡하지만 따뜻하고 더 단단한 존재로 빚어냅니다. 그래서 누군가는 인생의 상처를 통해 글을 쓰고 누군가는 음악을 만들며 또 누군가는 바텐더가 되어 누군가의 이야기를 들을 수 있게 됩니다. 살아간다는 것은 늘 무언가를 내어주는 일인지도 모릅니다. 나를 구성하던 어떤 조각들을 세상에 흘려보내는 일. 그리고 그 빈자리에 새로운 나를 만들어가는 일. 마치 천사들에게 헌정하듯 아무 말 없이 내어놓습니다.

그녀의 슬픔도 언젠가 향처럼 남기를. 오늘 흘려보낸 감정이 허공에 흩어지지 않고, 삶의 어딘가에서 조용히 숙성되기를. 상실이 상처로만 머무르지 않기를. 울지 않았다는 그녀의 말은 작지만 분명한 변화의 징후였습니다. 완전한 회복이라는 게 있을지 모르겠지만 언젠가 감정의 끝에서 더는 울지 않아도 되는 날이 찾아온다면 그건 분명 마음이 조금은 단단해졌다는 증거일 것입니다. 그렇게 우리는 조금씩 익어갑니다. 아주 천천히, 아주 조용히.

　　어떤 맛은 처음부터 호감으로 다가오지 않습니다. 민트초코가 그렇습니다. 치약이냐, 디저트냐. 누군가에겐 입도 대기 싫은 맛이고 또 어떤 이에게는 없어서 못 먹는 소중한 맛이죠. 논쟁은 늘 반복됩니다. "세상에 이런 걸 왜 먹어?"라는 질문과 "이걸 모르면 인생 반은 손해 본 거야."라는 대답이 충돌합니다. 이쯤 되면 그것은 단순한 맛의 문제가 아닙니다. 취향을 넘어선 정체성의 문제입니다.

　　위스키의 세계에도 그런 존재가 있습니다. 바로 '피트 위스키'입니다. 단 한 모금만으로도 호불호가 극명하게 갈리는 위스키 계의 민트초코 같은 술이지요. 그 독특하고 강렬한 향 때문에 어떤 분들은 얼굴을 찌푸립니다. 타이어를 태운 듯한 냄새, 병원 소독약 냄새, 젖은 낙엽, 바닷가에 부는 짠 바람까지… 냄새만 맡고도 선뜻 손이 가지 않는다는 분들도 많습니다. 그러나 피트 위스키를 좋아하는 분들은 그것을 '향'이라고 부릅니다. 그것도 아주 특별한 향. "이거야말로 진짜 위스키지." 그렇게 말할 때의 눈빛에는 자부심이 담겨 있습니다. 그래서인지 피트 위스키는 '위스키 계의 민트초코'라고 불립니다. 호불호가 분명하고 한 번 빠지면 쉽게 헤어 나오기 어려우며 무엇보다 그 향과 맛에는 뚜렷한 태도가 있기 때문입니다.

피트 위스키를 이야기하기에 앞서, 먼저 '피트Peat'라는 존재부터 짚고 넘어갈 필요가 있습니다. 피트는 우리말로 '이탄'이라 불리며 수천 년에 걸쳐 식물의 잔재가 퇴적되어 형성된 유기물층입니다. 겉보기에는 진흙처럼 축축하고 무겁지만 건조하면 훌륭한 연료가 됩니다. 과거 스코틀랜드에서는 나무가 귀했기 때문에 이 피트를 말려 불을 피웠고 자연스럽게 위스키 제조 과정에도 활용하게 되었습니다. 특히 몰트를 만드는 과정에서 싹 틔운 보리를 말릴 때 피트를 태워 건조하는데, 이때 피트에서 나는 연기와 향이 보리에 스며들게 됩니다. 그렇게 보리가 간직한 향은 나중에 위스키의 향과 맛으로 이어지게 되는 것이지요.

피트는 단순히 한 가지 향으로 설명하기 어렵습니다. 해변의 이끼, 낡은 창고, 모닥불, 젖은 양모, 심지어는 어린 시절 시골 장독대 옆에서 맡았던 곰팡이 냄새까지… 익숙하면서도 낯선 감각이 스쳐 갑니다. 처음엔 고개를 돌리고 싶지만 이상하게도 자꾸 생각나게 되는 향입니다. 그래서일까요. 비 오는 날이나 캠핑을 떠난 날이면 피트 위스키가 더욱 그리워집니다. 낯설지만 어딘가 익숙한 향. 그 모순이 곧 피트 위스키의 매력입니다.

피트 위스키를 이야기할 때 빠질 수 없는 지역이 있습니다. 바로 스코틀랜드 서쪽의 작은 섬, 아일라Islay입니다. 3000명 남짓한 인구와 600제곱킬로미터 정도 되는 이 섬에 무려 아홉 개의 증류소가 자리 잡고 있습니다. 라프로익Laphroaig, 아드벡Ardbeg, 라가불린Lagavulin… 이름만 들어도 위스키 애호가들의 가슴이 뛰는 곳이지요. 이 증류소들은 피트를 마치 국적처럼 내세웁니다. 피트는 그들에게 단순한 원료가 아니라 지역의 정체성이자 철학이기 때문입니다.

피트 위스키는 우리에게 묻습니다. "내가 이래도 괜찮겠니?" 그리고 동시에 말합니다. "나는 이런 술이야. 싫다면 어쩔 수 없어." 그 솔직함과 뚜렷함이야말로 제가 피트 위스키를 좋아하는 이유입니다. 그것은 마치 위스키가 전하는 하나의 메시지 같습

니다. 물론 맛도 맛이지만요. 때로는 불친절합니다. 그러나 그 불친절함을 통과한 사람에게만 허락되는 깊이와 진실이 있습니다.

이런 철학을 가장 잘 보여주는 곳이 바로 '라프로익'입니다. 이 증류소의 슬로건은 아주 명확합니다. "Love it or hate it." 좋아하거나, 싫어하거나. 중간은 없습니다. 이들은 대중을 설득하려 하지 않습니다. 오히려 대중을 시험합니다. "이게 싫다면 굳이 마시지 않아도 좋아요. 그런데 이게 좋다면, 당신은 이미 우리 편입니다."라고 말하는 것 같지요. 그 도발적이면서도 솔직한 태도가 저는 좋습니다. 거절을 두려워하지 않는 자세. 불특정 다수의 기호에 휘둘리지 않고 자신만의 결을 분명히 세우는 그 태도는 단지 위스키의 철학을 넘어 삶의 태도처럼 느껴지기도 합니다.

산문에 찾아오시는 손님들 중에도 피트 위스키를 사랑하시는 분들이 계십니다. 그런 분들은 주문할 때부터 눈빛이 다릅니다. 메뉴판을 오래 보지 않고 단도직입적으로 말씀하시지요. "라가불린 16년 주세요." 처음 뵙는 손님이 첫 잔으로 라가불린을 고를 때면 저는 마음속으로 박수를 보냅니다. 그 순간 왠지 모를 동질감을 느끼게 됩니다. 처음 본 사이지만 마치 오랜 취향의 친구를 만난 듯한 반가움이 스며듭니다.

반대로 피트 위스키를 처음 접해보시는 분들도 많습니다. "특이한 거 추천해 주세요."라고 말씀하시면 저는 이렇게 여쭙습니다. "혹시 피트 위스키 드셔보신 적 있으세요? 없으시다면 이번 기회에 도전해 보시는 건 어떠세요?" 잠시 후 병원 냄새 같다며 고개를 갸웃거리시거나 "이게 진짜 위스키라고요?"라며 눈을 동그랗게 뜨시는 분들도 계십니다. 그리고 끝내는 이렇게 말씀하십니다. "음… 묘하네요." 저는 그런 순간이 참 좋습니다. 새로운 맛이 누군가의 감각 속으로 스며드는 그 짧은 시간을요. 비록 완전히 이해하지는 못했을지라도 그 경험은 미각의 차원을 넘어 삶의 층위를 조금 넓혀주는 일이기도 하니까요.

어느 날 한 손님이 처음 피트 위스키를 마신 뒤 이렇게 말씀하셨습니다. "이건 무슨 맛인지 잘 모르겠어요. 그런데 계속 생각날 것 같아요." 저는 그 말을 오래도록 기억합니다. 어떤 취향은 단번에 사랑받지 않습니다. 하지만 반드시 처음엔 낯설어도 시간이 흐르며 자꾸 떠오릅니다. 마치 마음 깊은 곳을 건드리는 어떤 문장처럼 말이죠.

우리는 어쩌면 누구에게나 좋은 사람이 되기 위해 너무 많은 것을 내려놓으며 살아가고 있는지도 모릅니다. 적당히 말하고 적당히 웃고 적당히 반응하며 타인의 기대에 자신을 맞추려 애쓰다 보면 점점 내가 무엇을 좋아하고 무엇을 싫어하는지조차 흐려지게 됩니다. 그럴 때 문득 저는 피트 위스키를 떠올립니다. 처음에는 향이 너무 강하고 낯설어서 쉽게 외면했지만 알고 보니 그 안에는 가장 나다운, 거칠지만 진짜 내 취향이 숨어 있었습니다. 타인의 기준에서 벗어나 오롯이 나로서 존재할 수 있는 향. 때로는 그것이야말로 진짜 나를 되찾는 첫걸음일지도 모릅니다.

민트초코를 좋아하든 싫어하든. 피트 위스키를 사랑하든 외면하든. 중요한 건 그 맛을 피하지 않고 한 번쯤 경험해보는 일입니다. 그리고 그 경험 속에서 나의 취향을 알아가는 것이지요. 남들이 좋다 하니까가 아니라, 내가 좋아서 좋아한다고 말할 수 있는 용기. 제 삶도, 그렇게 조금씩 내가 좋아하는 것들로 채워졌으면 좋겠습니다. 그리고 그것이 누군가에게 이상하게 보이더라도 이렇게 말하고 싶습니다.

"나는 원래 이런 사람입니다. Love it or hate it."

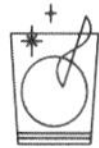

오늘은 비가 많이 내렸습니다. 굵직하게 떨어지는 빗소리에 마음은 차분해지면서도 괜스레 걱정이 앞섭니다. 궂은 날씨에 손님이 없지 않을까, 가벼운 약속을 미루고 차분한 휴식을 선택하는 건 아닐까 하는 생각이 들곤 합니다. 비가 내리는 날에는 언제나 이런 두 마음이 교차합니다. 빗속을 뚫고 들어올 발걸음이 더욱 고마울 것이라는 기대와, 문이 열리지 않은 채 고요히 흘러갈 밤일지도 모른다는 생각.

장사를 시작하기 전까지만 해도 비 오는 날을 참 좋아했습니다. 물론 옷과 신발이 젖는 건 여전히 싫었지만 창가에 앉아 멍하니 빗방울을 바라보거나 습기를 머금은 공기 속에서 커피

한 잔을 들고 책을 읽는 일은 좋아했습니다. 무엇보다 불편함을 무릅쓰고서라도 생각나는 공간을 찾아 나서는 것을 좋아했습니다. 고단한 빗속을 걸어야만 느낄 수 있는 달콤함이 있기 때문이죠. 그런 위안을 아는지 비가 오는 날에는 그곳을 찾는 사람들도 평소와는 다르게 차분하고 느긋하게 머뭅니다.

공간을 찾은 손님들뿐만 아니라 사장 또한 빗소리를 대하는 태도가 달라집니다. 목소리는 한층 낮고 부드러워지고 평소 틀던 노래도 달라집니다. 경쾌한 리듬으로 채워져 있던 자리에 잔잔한 재즈나 클래식이 나오기도 하죠. 오늘 같은 날씨에 어울리는 술과 안주를 추천해주기도 합니다. 가끔은 옛날 사진이나 손님들이 남긴 방명록을 보여주며 공간이 지닌 시간을 함께 나누기도 합니다. 그런 아늑한 추억을 공유하는 순간은 비 오는 날에만 주어지는 은밀한 혜택처럼 느껴집니다.

이제는 그 순간을 느끼는 사람이기보다는 만들어내는 사람이 된 입장입니다. 평소보다 한 톤 낮은 음악을 틀고, 커튼을 살짝 열어두어 창밖 풍경이 은근히 들어오도록 합니다. 바의 의자는 정면을 향해 있지만 가끔 고개를 옆으로 틀면 유리창 너머로 흐르는 빗줄기를 바라볼 수 있게끔 해두었습니다. 무심히 잔을 기울이거나 대화를 멈추는 순간에도 그 배경에 어울리는 장면을 준비해 두는 것이 이제는 제 몫이 되었습니다. 그런 수고는 이제 은근한 즐거움으로 남습니다.

그렇게 시간을 보내다 보니 이제야 알 것 같습니다. 예전에 자주 찾던 가게의 사장님이 왜 비 오는 날이면 꼭 장작불을 피워두었는지, 시키지도 않은 따뜻한 차를 내어주곤 했는지. 그것은 단순히 손님을 위한 친절이 아니라, 그 풍경과 순간을 누구보다도 사랑하고 음미했기 때문이었을 겁니다. 그리고 동시에 그가 이끌린 매혹을 다른 이들과 함께 나누고 싶었던 것이겠지요.

비가 내리면 도시도 달라 보입니다. 낮에는 유리 건물의 표면이 흐려지고 밤에는 네온사인이 물에 번져 두 겹의 풍경을 만듭니다. 빗줄기가 거리를 가득 메우면 사람들은 서두르지 못합니다. 우산을 펴고 섭는 작은 농작조차 잠시 멈춤의 시간이 되고 물에 젖은 도로 위로 차들은 신중하게 미끄러지듯 달려갑니다. 발걸음도 자연스레 느려집니다. 그러나 우산이 없는 이들은 그 느림을 허락받지 못한 채 황급히 뛰어가야만 합니다.

매장을 들어오기 전 손님들은 우산과 옷자락의 물기를 털어내며 잠시 한숨을 돌립니다. 그 순간 흘러나오는 빗물 냄새

한 잔이 던진
질문

와 젖은 공기가 바 안으로 함께 들어옵니다. 어떤 손님은 자리에 앉자마자 "차가운 물을 먼저 주실 수 있을까요?" 하고 묻습니다. 소나기를 피해 달려온 탓에 목이 바짝 말랐거나 매섭게 내린 빗줄기 속에서 갈증이 깊어진 탓일 겁니다. 자리에 앉아도 곧장 메뉴판을 들추지 않고 젖은 머리칼을 쓸어 넘기거나 호흡을 고르며 한 박자 쉬어갑니다. 그리고는 이렇게 묻곤 합니다. "오늘 같은 날엔 뭐가 어울릴까요?"

"비 오는 날엔 역시 피트 위스키죠." 제가 웃으며 대답하면 손님도 따라 웃습니다. "아무래도 이미 답은 정해져 있었네요." 비가 오면 파전이 생각나는 이유는 빗소리가 전을 부칠 때 나는 소리와 닮아 있기 때문이라는 설이 있죠. 그렇다면 왜 피트 위스키는 비 오는 날과 사람들 사이에서 하나의 약속처럼 굳어진 걸까요? 비가 내리면 젖은 흙냄새와 고인 물에서 올라오는 눅눅한 향, 나무와 풀에서 번져 나오는 습기 어린 기운이 공기 속에 스며듭니다. 그 향들이 피트 위스키의 흙내음, 훈연 향, 바닷바람의 짭조름한 기운을 자연스레 떠올리게 합니다.

캠핑을 해보신 분들은 아마 기억하실 겁니다. 모닥불 곁에서 잔을 기울이는 그 시간. 젖은 장작에 불을 붙이려 애쓰다 보면, 처음에는 연기가 자욱하게 피어오릅니다. 코끝을 찌르는 그 매캐한 향, 손끝에 닿는 습기 어린 나무의 감촉, 마침내 불길이 차츰 살아나면서 뿜어내는 따뜻한 온기. 그 순간 역시 피트 위스키를 떠올리게 합니다. 언젠가 다시 비가 내릴 때, 모닥불 앞에서 웃던 얼굴과 피트 위스키의 향이 문득 떠오를 것입니다.

비 오는 날을 좋아했습니다. 세상이 잠시 다른 리듬으로 움직이는 듯한 그 고요와 느림이 좋았습니다. 비 오는 날 누리는 작은 의식들을 좋아했습니다. 평소에는 떠올리지도 않던 것들이 빗소리가 시작되면 자연스레 손에 잡히곤 했습니다. 파전을 부쳐 막걸리와 함께 먹는다든지, 창가에 앉아 젖은 풍경을 바라본다든지, 혹은 피트 위스키 한 잔을 따라 놓고 느릿하게 향을 음미한다든지. 미루기만 했던 두꺼운 책도, 창밖으로 비가 내리는 날에는 이상하리만치 쉽게 펼쳐졌습니다. 저는 그 의식 같은 반복을 좋아했습니다.

이제 저는 그 순간과 기억을 만들고 있습니다. 바깥에서 비가 내리면 사람들의 머릿속에 산문이 자연스레 떠올랐으면 합니다. 젖은 우산을 접으며 들어와 자리에 앉을 때 그가 느끼는 해방감과 안도감을 함께 채워주는 공간. 파전과 막걸리를 떠올리듯 혹은 빗소리를 들으며 책을 읽던 기억을 떠올리듯 '비 오는 날에는 이곳이 좋지' 하는 마음으로 생각나는 장소. 그저 시간을 보내는 곳이 아니라, 날씨와 기분을 핑계 삼아 일부러라도 찾아오고 싶은 곳.

비는 곧 그칠 것입니다. 그러나 그날의 기억은 오래 남을 수 있습니다. 집에서 편안히 머물러도 괜찮았을 날씨지만 굳이 빗속을 걸어와 준 수고스러운 발걸음이 깊고 온전한 쉼이 되었으면 합니다. 젖은 옷을 말리며 마주 앉아 나눈 대화, 잔 위로 피어오른 위스키 향, 창가 너머로 번져가던 불빛. 그 모든 것이 모여 다시금 누군가의 기억 속 산문을 불러낼 수 있기를 바랍니다. 그렇게 불러낸 기억 위에서 이곳은 비가 내릴 때마다 조금씩 자라나는 기억의 나무가 되어갈 테지요.

　　세상에는 말로 전하지 않아도 건넬 수 있는 마음이 있습니다. 말은 때로 조심스럽고 어떤 때는 너무 솔직해서 상처를 남기곤 하니까요. 그래서 우리는 말을 아끼거나 혹은 말을 대신할 어떤 것을 찾습니다. 꽃이 그렇죠. 누군가의 손에 들린 꽃은 마음의 대체물이 되기도 하고, 전하고 싶은 감정을 담아내는 상징이 되기도 합니다. 그래서 사람들은 꽃에 말을 붙였습니다. 바로 '꽃말'이라는 이름의 언어로요.

　　빨간 장미는 '열렬한 사랑'을, 백합은 '순결'을, 수선화는 '자존심'을, 해바라기는 '당신만을 바라보겠다'는 의미를 품고 있습니다. 말보다 더 깊은 말, 향과 색으로 전해지는 감정의 진심이 바로 그 속에 담겨 있지요. 문득 이런 생각이 들었습니다. 꽃에도 말이 있다면 술에도 말이 있지 않을까? 술이 전하는 마음의 언어, '술말'이라는 것을 말이죠.

누군가에게 술은 위로였고 어떤 이에게는 고백이었습니다. 어떤 밤은 작별이었고 어떤 새벽은 다짐이었습니다. 누군가에게는 방패가 되기도 하고 누군가에게는 자백제가 되며 또 어떤 이에게는 마지막 인사의 도구가 되기도 하지요. 취기 뒤에 감춰진 마음은 때로 더 솔직합니다. 그래서 저는 생각합니다. 술에도 꽃말처럼, 술말이 있어야 한다고요. 그리고 그 술말에는 숨겨진 마음이 담겨 있어야 한다고요. 그래서 저는 상상해봅니다. 술마다 고유의 술말이 있다면 그 술이 전하는 마음은 어떤 것일까.

가장 먼저 떠오른 술은 소주입니다. 소주의 술말은 아마도 '회복'이 아닐까 싶습니다. 고단한 하루 끝에 우리 곁에 가장 자주 있는 술. 눈물이 날 때도, 억울할 때도, 외로울 때도 사람들은 소주를 찾습니다. 소주는 감정을 흘려보내기 위한 통로처럼 존재하죠. 친구에게 털어놓기 힘든 말도 소주 두 잔이면 한숨처럼 흘러나오곤 합니다. 그렇게 소주는 감정을 비워내고 다시 일어서게 만드는 회복의 술이 됩니다. 소주는 그렇게 많은 이들의 회복을 돕는 술입니다. 마음의 균열을 메우고 상처 위에 임시로

붙이는 거즈 같은 존재랄까요. 다만 회복제를 과하게 복용하면 더 깊은 상처를 남기듯 소주도 적당한 선이 필요합니다. 그래서 저는 소주의 술말은 '회복', 그 옆에 꼭 덧붙이고 싶습니다. '절제된 회복'이라고요.

그다음은 맥주입니다. 맥주의 술말은 아마도 '수고했어'라는 말에 가장 가깝지 않을까요. 맥주는 부담이 없습니다. 땀 흘린 하루의 끝자락, 친구들과의 소소한 모임, 축구 한 판 후 목이 마를 때 자연스럽게 곁에 놓이는 술. 시원한 첫 모금은 누군가의 등을 다정하게 두드리는 손길처럼 느껴집니다. "오늘도 잘 버텼다. 정말 수고했어." 맥주는 말보다 따뜻한 응원을 전할 줄 아는 술입니다. 그래서 저는 맥주의 술말을 '다정한 격려'라고 부르고 싶습니다. 유쾌하고 부드럽게, 오늘 하루의 고단함을 덜어주는 작고 사려 깊은 격려.

와인은 어떨까요. 와인의 술말은 '여유'가 어울릴 것 같습니다. 서두르지 않는 감정, 가볍게 넘기지 않는 시간. 와인은 그런 순간을 위해 존재하죠. 향을 맡고 잔을 돌리고 천천히 기울이며 서로의 마음을 나누는 술. 와인은 술이라기보다 시간을 음미하는 도구에 가깝습니다. 한 잔의 와인은 단순한 음주가 아니라 서로를 바라보며 이야기를 이어가겠다는 약속 같은 것입니다.

눈빛이 오가며 말보다 마음이 천천히 드러나는 순간. 와인은 그렇게 깊은 대화와 관계를 섬세하게 만들어줍니다. 그래서 저는 와인의 술말을 '여유'라 이름 붙이고 싶습니다.

위스키의 술말은 단연 '연륜'으로 생각했습니다. 오래 숙성된 원액이 오크통 속에서 보내온 시간을 마시는 술. 위스키는 향도 진하고 여운도 깊습니다. 첫 모금에는 고요함이, 마지막 한 방울에는 지나온 세월의 흔적이 남아 있죠. 바에 앉아 위스키를 마시는 중년의 손님을 볼 때면 문득 생각하게 됩니다. 저 사람의 인생에는 어떤 시간이 담겨 있을까. 어떤 사랑을 지나왔고 어떤 상실을 견뎠을까. 위스키는 그런 연륜을 담은 술입니다. 묵직하게, 깊은 향과 긴 여운으로 마음속 이야기를 천천히 꺼내는 술.

이처럼 술에도 '술말'이 있다면, 그 술에 담긴 감정이 더 잘 전해지지 않을까요. 누군가에게 꽃을 선물해본 적 있으신가요? 꽃말까지 생각하며 건넸던 적이 있으신가요? 그때의 마음은 어땠는지, 보이는 것 너머의 뜻을 전하려 했던 감정이 떠오르실 겁니다. 숨겨진 뜻을 찾는 일은 언제나 흥미롭습니다. 예쁜 꽃을 보면 이름을 넘어 꽃말까지 찾아보게 되듯 술도 그러했으면 좋겠습니다.

제가 오래도록 기억하는 꽃이 있습니다. 바로 물망초입니다. '나를 잊지 마세요'라는 꽃말을 가진 작고 여린 꽃이죠. 중세 독일에서 유래된 전설 속 연인은 강가를 걷다 물망초를 발견합니다. 여인에게 꽃을 꺾어 주려던 남자는 물에 빠지고 마지막 순간 외칩니다. "나를 잊지 말아요." 그 말은 꽃의 이름이 되었고 수백 년이 흐른 지금도 여전히 물망초는 누군가를 기억하는 마음의 상징이 되었습니다.

칵테일에도 그런 이야기가 있습니다. '마가리타.' 이 칵테일의 이름은 로스앤젤레스의 바텐더 존 듀레서에게서 시작됩니다. 그의 연인은 멕시코인이었고 둘은 함께 사냥을 떠났다가 예기치 않은 사고로 그녀를 잃게 됩니다. 불미스러운 사고로 인한 상실과 밀려오는 공허함을 느끼게 되죠. 그는 그리움을 잊지 못했고 그 감정을 담아 1949년, '내셔널 칵테일 콘테스트'에 출품했고 그 술은 입상했습니다. 술의 이름은 '마가리타'. 세상에 없지만 여전히 사랑하는 연인의 이름. 그녀의 존재는 사라졌지만, 그녀의 이름은 술이 되어 전 세계인의 기억 속에 남게 된 것이지요.

말보다 조심스럽고, 표정보다 솔직한 감정을 담아 전할 수 있는 도구가 술일지도 모릅니다. 손님의 상황에 맞춰 고른 한

잔의 술이 누군가에게는 위로가 되고 격려가 되고 다짐이 되기도 합니다. 때로 말주변이 없는 저에게도 감정을 전하는 가장 따뜻한 방식이 되어주곤 합니다. 이를테면 이직을 고민하며 들른 손님에겐 '새 출발'을 의미하는 '스타팅 오버Starting Over' 칵테일을 건넬 수 있습니다. 프랑스 여행에서 만난 낯선 설렘을 잊지 못하는 이에게는 '파리지앵'을 추천하겠지요. 라이트 형제의 첫 비행이 그러했듯, 하늘을 향한 설렘과 비상의 꿈을 담은 칵테일 '에비에이션Aviation'은 첫 비행의 설렘을 앞둔 승무원에게 건네기 좋은 잔이 될지도 모릅니다.

바텐더로서의 제 일은 손님이 말하지 않은 마음을 읽고 그에 어울리는 술말을 골라주는 일인지도 모릅니다. 술 한잔이 그날의 마음을 위로하고 그 밤의 이야기를 오래 기억하게 되기를 바라며 말입니다. 말보다 조심스럽고 표정보다 정직하게 마음을 전하는 방식. 그것이 제가 이 공간에서 매일 술을 고르고 잔을 내미는 이유입니다. 오늘 밤 당신의 마음에는 어떤 술말이 어울릴까요?

한 잔이 던진
질문

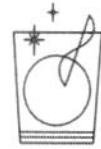

　　"싱글몰트와 블렌디드 위스키는 뭐가 다른가요?"
위스키 바를 운영한다면 자주 듣게 될 질문일지도 모릅니다. 싱글몰트는 하나의 증류소에서 맥아로만 만들어진 것으로 개성이 뚜렷한 편입니다. 어떤 위스키는 스모키하고 어떤 것은 달콤하며 또 어떤 것은 텁텁한 견과류의 여운을 남기기도 합니다. 그래서 어떤 입맛에는 정확히 맞아 떨어지지만 누군가에게는 전혀 어울리지 않을 수도 있지요.

　　반면 블렌디드 위스키는 여러 증류소에서 만들어진 몰트위스키와 그레인 위스키를 조합하여 만듭니다. 다양한 맛의 조화, 균형 잡힌 풍미, 보다 넓고 대중적인 스펙트럼을 지닌 술입니다.

한 잔이 던진
질문

마치 오케스트라처럼 각각의 악기가 제소리를 내지만 전체로는 하나의 곡을 완성해가는 방식이지요. 싱글몰트가 개별 연주자의 솔로라면 블렌디드는 마스터 블렌더라는 지휘자가 이끄는 교향악단이라고 할 수 있습니다.

하지만 그런 조화 속에도 중심은 있습니다. 수많은 위스키가 섞이는 와중에도 방향을 잡아주는 축이 존재합니다. 그것이 바로 '키몰트Key Malt'입니다. 예를 들어 시바스 리갈의 경우 스트라스아일라Strathisla 증류소에서 만든 몰트가 키몰트로 사용됩니다. 스트라스아일라는 과일 향과 부드러운 질감으로 시바스 리갈 전체의 풍미를 결정짓는 중심이 됩니다. 조니워커의 경우에는 카듀Cardhu, 발렌타인은 밀튼더프Miltonduff와 글렌버기Glenburgie가 그 중심 역할을 하죠.

저는 가끔 이런 상상을 하곤 합니다. '블렌디드 위스키를 하나의 사람, 혹은 한 사람의 인생이라 생각한다면 키몰트는 그 사람을 이루는 뼈대와 같은 존재가 아닐까.' 한 사람의 인생도 블렌디드 위스키와 닮아 있습니다. 순수하게 하나의 사건만으로 살아가는 이는 없을 겁니다. 때로는 스모키하고 때로는 부드럽고 어떤 시절은 쌉싸름한 뒷맛을 남기며 또 어떤 시절은 맑고 가볍게 목을 넘어가기도 하지요. 수많은 날들이 혼합되어 지금의 나라는 사람을 이루고 있습니다. 그 중심에는 나를 구성하고 방향을 정해준 키몰트가 분명 존재합니다.

저의 삶 역시 한 방향으로만 흐른 적이 없습니다. 제주를 떠나 육지로 올라왔고 건축을 전공하며 밤샘 작업에 익숙해졌습니다. 정사각형의 스케일과 도면 안에서 수치를 다루던 시절, 불안정한 미래를 머릿속으로 계산하곤 했습니다. 도면을 그리던 손은 어느 순간 글을 쓰기 시작했습니다. 회사 일이 끝난 후 깊은 밤 홀로 컴퓨터를 켜고 타자를 쳤지요. 점점 문장이 하나둘 쌓였습니다. 그렇게 쓴 글들이 한 권의 책이 되었고 책은 다시 독서 모임을 만들었으며 그 모임은 또다시 사람을 연결해주었습니다. 그리고 지금은 또 다른 방향으로 틀어 위스키 바 산문을 운영하고 있습니다. 아무리 생각해 봐도 예측할 수 없는 삶의 궤적이네요.

돌아보면 그 모든 시절이 저마다의 향을 품고 있던 것 같습니다. 어떤 시절은 스모키했습니다. 고된 설계실의 밤, 상사와의 냉랭한 대화, 자존심과 현실 사이의 차가운 공기. 어떤 시절은 달콤했습니다. 첫 책이 출간되던 날, 제 이름이 박힌 책 표지, 공감의 문장들을 이야기해준 독자들. 어떤 시절은 무미건조했습니다. 반복되는 회의, 복사해서 붙여 넣는 보고서, 무색무취의 직장 일상. 그리고 어떤 시절은 피트 향처럼 시간이 가도 진하게 남았습니다. 밤을 지새우며 만든 독서 모임의 공기, 손님이 남긴 짧지만 진심 어린 한 마디.

그 모든 시간들이 조연 몰트였다면 그 중심을 이루는 키몰트는 따로 있었을 것입니다. 제 인생의 키몰트는 첫 책을 출간한 일이었습니다. 건축과 회사, 삶과 속도에 대한 불안을 느끼며 책을 읽고 글을 쓰는 시간이 저를 붙잡아주었습니다. 문장을 세우고 구절을 고르고 표현 하나에 하루를 보내며 저의 방향이 천천히 정해지기 시작했지요. 출판사와 계약서를 쓰고 책이 출간되고 책을 읽은 독자들이 저에게 이야기를 걸어왔습니다. 회사에만 있었다면 만나지 못했을 사람들을 만났고 그들이 건넨 말과 시선이 저를 바꾸었습니다.

누구에게나 인생의 전환점은 존재합니다. 오래 품어오던 결심이 현실이 되는 순간일 수도 있고 예기치 못한 상실이 찾아오는 때일 수도 있습니다. 우리는 그것을 보통 시작이라고 부르지만 그 시작이 반드시 찬란하거나 밝은 것만은 아닙니다. 병 하나가 세계의 균형을 뒤흔들고 누군가의 부재가 삶의 리듬을 바꾸기도 합니다. 사직서 한 장이 하루하루를 새롭게 구성하기도 하지요. 그 순간을 전환점이라 부를 수도 있겠습니다.

　　그러한 전환은 개인의 삶에만 머물지 않습니다. 한 사회와 시대도 전환점을 겪습니다. 금융 위기는 숫자가 아닌 사람들의 믿음과 안전망을 송두리째 흔들었습니다. 팬데믹은 도시의 리듬을 멈추게 했고 인간이 자연보다 강하다는 환상을 무너뜨렸습니다. 기후 위기는 느리지만 확실한 속도로 우리의 일상을 바꾸어놓고 있으며 인공지능은 묻습니다. '인간은 어디까지 인간인가? 우리가 알고 있는 인간성은 무엇으로 지켜지는가?'

　　전환점은 언제나 거창하거나 화려한 모습을 하지 않습니다. 오히려 너무 평범해서 스스로도 그것이 전환이었다는 사실을 나중에야 깨닫는 경우가 많습니다. 키몰트라 여겼던 경험이 시간이 지나 조연이 되기도 하고 반대로 조연이라 여겼던 순간이 나를 지탱해주는 중심이 되기도 합니다. 위스키에서 키몰트가 균형을 잡아주듯 인생도 결국 그 사람만의 향과 맛을 결정짓는 중심이 있습니다. 전환점은 때로 그 키몰트를 발견하는 계기가 되기도 하고 전혀 다른 키몰트를 만들어야만 하는 상황으로 우리를 이끌기도 하지요.

　　"싱글몰트와 블렌디드 위스키 중 어떤 위스키가 좋은 위스키인가요?" 정답은 없습니다. 단지 그 사람의 입맛과 지금의 기분, 그리고 함께한 순간이 그 술의 가치를 결정할 뿐입니다. 당신에게도 그런 순간이 있었을 것입니다. 삶의 향이 달라졌던 어느 날 혹은 오래 간직했던 방향이 선명해졌던 시기. 지금의 당신을 이루고 있는 키몰트는 무엇인가요? 그리고 그 향은 어떤 시간들의 조합으로 완성되었나요? 그 키몰트가 어떤 맛과 향을 품고 있든 그 중심이 있기에 비로소 당신만의 특별한 위스키가 완성되는 법입니다. 그리고 그 특별함은 누구도 대신할 수 없는 오직 당신의 이야기로 빚어진 풍미입니다.

이제 막 위스키에 입문하신 분들의 입맛에 딱 맞는 술을 찾는 건 쉽지 않은 일일지도 모릅니다. 메뉴판을 훑어보고 바텐더에게 묻는 말은 대개 이렇게 시작되지요. "위스키를 잘 모르는데요, 혹시 추천해주실 수 있나요?" 저 역시 그랬습니다. 위스키가 전하는 언어를 이해하기까지 적지 않은 시간과 낯설고도 어설픈 선택이 필요했습니다. 실패라고 부르기도 어려운. 그저 잘 몰랐던 시절의 시도들이 차곡차곡 쌓여 지금의 취향이라는 것을 만들어주었습니다.

위스키는 그 풍미만큼이나 이름도 라벨도 배경도 낯설게 다가옵니다. 킬호만Kilchoman, 로크로몬드Loch Lomond, 라프로익Laphroaig,

부나하벤Bunnahabhain, 몰트락Mortlach, 아드벡Ardbeg… 익숙한 영어도 아닌 게일어 표기가 많아 읽는 것부터 난관이고 먼 곳에서 건너온 듯한 분위기는 이 술의 거리감을 더욱 선명하게 합니다. 마치 "너는 아직 나를 마실 준비가 안 되었어."라고 말하는 듯한 오만함마저 느껴진다고 할까요. 그래서일까요. 처음 접하는 위스키 앞에서는 누구나 잠시 망설입니다.

괜히 뭘 골랐다가 너무 독하기만 하면 어쩌지, 혹은 입맛에 안 맞으면 돈이 아깝다는 생각도 스치곤 합니다. 위스키 한 잔의 가격이 결코 가볍지 않기에 그 선택 하나에도 작지 않은 고민이 따릅니다. 그럴 때 저는 이야기합니다. "누구에게나 처음은 있고 그 처음은 조금 낯설 수밖에 없습니다." 그 말을 듣고 나서야 손님은 천천히 라벨을 들여다보고 설명을 들은 뒤 시도해 보겠다는 마음을 먹게 됩니다. 바로 그 순간 저는 생각합니다. 아, 이분은 지금 한 잔의 용기를 내고 계시는구나. 어쩌면 오늘이 새로운 취향이 시작되는 첫날일지도 모르겠구나, 하고요.

저도 처음에는 라벨이 예뻐서 혹은 이름이 어딘가 시적인 울림을 주어서 위스키를 선택한 적이 많았습니다. 드라마 속 주인공이 마시던 병이 멋져 보여서 따라 해보기도 했고요. 때로는 누군가가 추천한 글에서 혹은 유튜브의 영상 한 편에서 소개되었다는 이유로 망설임 없이 병을 구매하기도 했습니다. 물론 그런 선택의 끝에는 다소 실망스러운 맛이 기다리고 있던 적도 있습니다. 너무 강해서 도무지 입에 붙지 않는 술도 있었고 반대로 너무 밋밋해서 아무런 인상을 남기지 못한 잔도 있었지요.

어떤 날엔 이런 생각도 듭니다. 위스키라는 건 어쩌면 영화 리뷰 같은 게 아닐까 하고요. 수많은 사람이 극찬한 작품이 정작 나에겐 지루하게 느껴지고, 대중의 외면을 받은 영화에서 오히려 마음을 건져 올린 적이 있듯이 말입니다. 많은 사람들이 부드럽다, 입문자에게 좋다고 말한 위스키가 저에겐 밋밋하게만 느껴졌던 적도 있고 반대로 강하다, 취향을 타는 술이라 소개된 술에서 묘한 끌림을 느낀 적도 있었습니다.

그러고 보면 완벽한 선택이라는 건 애초에 없는지도 모르겠습니다. 중요한 건 그 잔을 시도해 보는 용기였습니다. 처음에는 실패를 피하고 싶어서 안전한 선택만을 고집했지만 언젠가부터는 위험한 선택이 더 큰 기쁨을 주기도 했습니다. 익숙함에서 조금만 벗어나도 전혀 다른 세계가 펼쳐지는 법이지요. 그러니 취향이라는 건 어쩌면 선택의 성공적인 결과가 아니라 수많은 실패와 낯선 시도를 지나야만 도달할 수 있는 풍경일지도 모르겠습니다.

그 풍경은 아주 천천히 때로는 멀리 돌아가는 길 끝에 도착합니다. 처음에는 어떤 위스키가 더 유명한지, 누가 비싼 술이라고 말했는지를 따라 선택하지만 결국에는 자신만의 이유를 갖게 되지요. 어떤 사람은 단맛이 돌아서 좋다고 하고 또 어떤 사람은 스모키한 향이 머릿속까지 맑게 해주는 기분이 든다고 합니다. 누군가는 입안에 남는 긴 피니시가 인생의 여운처럼 좋아서 그 술을 고르고 또 누군가는 단지 첫 데이트에서 마셨던 술이기 때문에 다시 찾습니다.

여러분의 취향은 언제, 어떻게 만들어졌나요? 꼭 술이 아니더라도요. 좋아하는 커피의 향, 음악의 장르, 책의 종류, 심지어는 방 안의 조명까지도 모두 우리 각자의 취향입니다. 그런데 돌아보면 우리는 그 취향을 어떻게 만들어왔는지 정확히 기억하지 못합니다. 아주 많은 선택과 시도 그리고 실패와 반성을 통해 조금씩 나아간 결과일 뿐이지요. 그리고 그 과정엔 늘 어느 정도의 용기가 필요했습니다.

위스키는 알면 알수록 빠져들게 되는 깊이가 있습니다. 배경을 알고 캐스크의 영향을 이해하고 맛의 변화를 경험하다 보면 어느새 마음으로도 풍미를 느끼게 되지요. 그런 의미에서 저는 산문에 테이스팅 노트를 준비해 두었습니다. 본인이 느낀 맛과 인상 그리고 떠오른 기억까지 적어보는 작은 기록지입니다. 아주 개인적인 감각들이지만 그것이야말로 가장 솔직한 취향의 지도일지도 모릅니다.

그 어떤 테이스팅 노트보다 인상 깊게 남았던 건 단골 한 분의 한 문장이었습니다. "아는 만큼 맛있는 위스키라지만 뭐든지 배우며 살아가야 하는 세상 아무것도 알아가지도, 배우지도 않으며 편하게 위스키를 즐기고 싶다." 그 말이 참 좋았습니다. 알기 위해 마시는 것도, 모른 채 즐기는 것도 모두 위스키를 사랑하는 방식이겠지요. 저는 그런 방식들을 전부 존중합니다. 취향이란 결국 내가 나에게 허락하는 방식이니까요.

누군가는 단지 오늘 하루가 고단해서 혹은 조용한 음악과 함께하는 밤이 좋아서 잔을 고르기도 합니다. 위스키가 전하는 수많은 지식과 정보는 그저 옵션일 뿐이지요. 때로는 아무것도 몰라도 괜찮습니다. 맛있다고 느끼는 감각, 다시 마시고 싶다는 마음. 그 자체로 충분한 이유가 되고, 그것이야말로 오롯한 자기 취향의 시작일 수 있으니까요.

이곳에서는 새로운 첫 잔의 용기를 마주합니다. 한참을 망설이다 고른 술을 한 모금 마시고는 "이거 괜찮네요."라고 웃는 손

한 잔이 던진
질문

님. 그 짧은 한마디에 저는 속으로 슬며시 박수를 보냅니다. 실패하더라도 괜찮다는 마음, 잘 몰라도 괜찮다는 마음. 그런 마음들이 모여 사람은 조금씩 자신만의 취향을 발견해갑니다. 오늘도 누군가는 어딘가에서 첫 잔을 고르고 있겠지요. 어떤 잔이든 괜찮습니다. 중요한 건 그 잔을 마주하는 한 잔의 용기입니다. 저는 여기 이 자리에서 그 용기를 응원하고 있습니다. 당신의 취향을 찾는 여정이 어디에서 시작되든 작은 용기가 곁에 있기를 바랍니다.

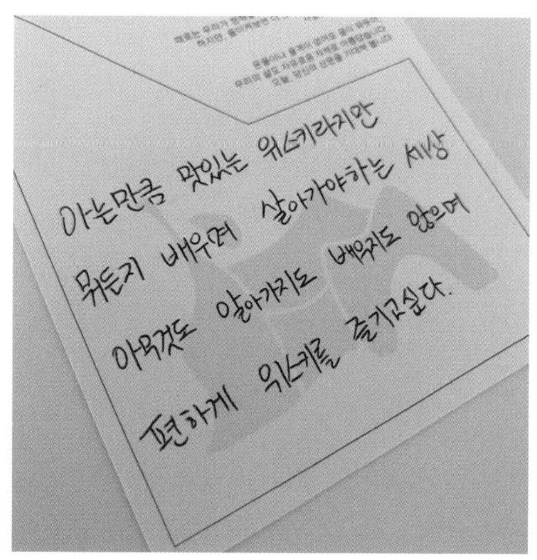

바는 그런 장소이기를 바랍니다.

기계가 모든 것을 대신하는 시대에도

여전히 사람을 만날 수 있는

마지막 자락처럼 남는 곳.

다음

잔을

따르며

PART 4

오랜만에 연락이 닿은 지인들은 종종 이렇게 묻습니다. "그래서, 이제 자리 잡았다고 생각해?" 그 질문을 들을 때마다 저는 잠시 멈칫하게 됩니다. 그리고는 조심스럽게 대답합니다. "아니, 아직은. 그래도 조금씩 자리를 잡고 있는 것 같아." 그 말을 꺼내고 나면 저 자신에게도 되묻게 됩니다. 정말 자리 잡아가고 있는 걸까? 그리고 다시 생각하게 됩니다. '산문이 자리를 잡는다는 건 어떤 의미일까?'

혼자 여닫던 가게를 누군가와 함께 문을 여는 것일까요. 아니면 제가 없어도 자연스럽게 문이 열리고 닫히며 제 자리를 찾아 움직이는 상태일까요. 가게 매출이 매달 일정한 수준을 유지

다음 잔을
따르며

하고, 마시고 싶은 술이 늘어나며, 단골이 자리를 잡고, 예약이
익숙해지고, 메뉴가 생기고 사라지며 그중 몇 가지는 자연스럽
게 메뉴판에 오래 남게 되는 것. 그런 모습이 자리를 잡았다는
표현에 어울릴까요?

생각해보면 자리를 잡는다는 말은 꽤 익숙한 표현입니다. 어
릴 적 시험 기간, 도서관에서 좋은 자리를 차지했을 때 친구들
에게 말하곤 했지요. "자리 잡았어. 네 옆에 하나 더 있어." 새로
이사한 집에서 책상과 침대를 이리저리 옮겨보다가 마침내 가
장 안정적인 위치를 찾았을 때도 "이제 자리 좀 잡았지"라고 말
했습니다. 그 말은 단순히 정착이나 고정의 의미가 아니라 자연
스러움의 감각과 훨씬 가까운 것 같습니다. 처음에는 불편하고
불확실했던 것들이 어느 순간부터 당연해지고 익숙해지고 편안
해질 때.

아직도 산문을 준비하던 시절이 생생하게 떠오릅니다. 공간
에 어울리는 내 모습은 어떤 모습일지 끊임없이 상상하고 조율
하던 시간들이 있었습니다. 짧은 머리만 고집하던 제가 처음으
로 머리를 길러보기도 했고 다시 싹둑 자르기도 했습니다. 어떤
옷을 입은 모습이 이 공간과 어울릴지 고민하며 정장을 입고 거
울 앞에 서보기도 하고, 반대로 캐주얼한 차림으로 문을 열어보

기도 했습니다. 그 시절의 고민 중 일부는 지금까지도 이어지고 있습니다. 어떤 것들은 선택받지 못한 채 잊혀졌지만 어떤 것들은 공간에 자연스레 스며들었습니다. 그건 확실히 자리를 잡아가고 있다는 의미겠지요.

가게 문을 처음 열던 날의 기억도 여전히 생생합니다. 문을 열기 직전까지도 과연 이 길이 맞는지, 이 선택이 온당한지 확신할 수 없었습니다. 하루하루가 시험 같았습니다. 몇 팀이나 왔고 매출은 어땠는지, 어제보다 나았는지, 단골손님은 왜 요즘 안 보이는지. 그 작은 변화들에 따라 하루의 기분이 오르락내리락했습니다. 손님이 많으면 안도했고 그렇지 않으면 깊은 한숨을 쉬었습니다. 마치 성적표를 받아 든 학생처럼 숫자와 반응에 일희일비했지요.

어느 순간부터 조금씩 달라졌습니다. 손님이 없는 날이면 가게를 천천히 둘러보며 구석구석을 닦습니다. 바틀의 라벨을 조심스럽게 만져보며 디자인의 의도를 상상해보고 바틀 넥 근처의 먼지를 털다가 문득 그 술을 좋아했던 손님이 떠오르기도 합니다. 때로는 잔 하나를 꺼내어 직접 술을 따라봅니다. 바 스테이션이 아닌 테이블에서 손님의 기분으로 향을 맡고 조용히 목넘김을 느껴보기도 합니다. 그 잔을 통해 손님의 감정을 상상하고 내가 놓치고 있었던 감각을 되짚어봅니다. 그렇게 조용한 밤이 있기에 북적이는 날의 소중함이 더 또렷하게 느껴집니다. 그런 리듬이 이어지다 보면 문득 이런 생각이 듭니다. 내가 원하는 자리를 잡은 산문이란 어떤 모습일까?

이제는 압니다. 자리를 잡는다는 말에는 나의 자리만이 아니라 상대의 자리도 함께 포함되어 있다는 것을요. 산문이라는 공간이 자리를 잡아간다는 것은 이곳을 찾는 사람들 또한 이 공간 안에서 각자의 자리를 찾아간다는 뜻이기도 합니다. 처음엔 말 없이 앉아 있던 손님이 어느 날 조용히 자신만의 위스키를 고르고 그 술에 대해 이야기할 때. 이별의 아픔을 견딘 누군가가 새롭게 만난 사람과 미래를 이야기할 때. 위스키에 낯설어하던 손님이 어느 날 익숙한 표정으로 "오늘은 뭘 마시면 좋을까요?"라고 묻는 그 순간. 그들의 말투, 표정, 앉는 자세, 고르는 술이 이 공간과 조금씩 조응해갈 때 저는 생각합니다. 아, 산문도 누군가에게는 자리를 잡아가고 있구나.

물론 반대의 경우도 있습니다. 더는 오지 않는 손님들. 예전 같았으면 큰 상처가 되었을 일입니다. 무언가를 잘못했나, 공간이 지루해진 걸까, 술의 퀄리티가 떨어졌던 건 아닐까. 하지만 지금은 조금 다르게 생각합니다. 그들이 이곳에서 자신에게 필요한 만큼의 시간을 채우고 떠난 것일지도 모른다고요. 공간이란 늘 채워짐과 비워짐이 동시에 일어나는 곳이니까요. 그들도 어딘가에서 저마다의 방식으로 자리를 잡아가고 있을 거라 생각합니다. 그 미묘한 감정의 흐름을 받아들이고 따라가는 일, 그것 또한 공간이 자리를 잡아가는 한 과정이겠지요.

자리를 잡는다는 것이 반드시 움직임을 멈추는 것이 아니라는 사실도 점점 더 또렷해집니다. 모든 게 익숙하고 편안해졌다고 느끼던 찰나 가지런히 놓인 의자들이 왠지 불편해 보이기도 하고 조명이 괜히 눈부시게 다가오는 날이 있습니다. 똑같은 테이블, 똑같은 술병, 똑같은 음악 속에서 '이대로 괜찮은가?' 하는 질문이 불쑥 튀어나올 때면 그동안 쌓아온 안정이 무색할 만큼 낯설고 불편한 감정이 피어오르곤 하지요. 매일의 리듬 속에서 작지만 꾸준한 의심을 품고 그 의심이 가리키는 방향을 따라 조심스럽게 가게의 분위기와 메뉴를 바꾸고 음악의 볼륨을 조절하는 일. 그건 고요한 수정이자 이 공간이 계속 살아있다는 신호이기도 합니다.

익숙함에 너무 깊이 잠겨버리면 무언가를 놓치고 있다는 감각이 불현듯 찾아옵니다. 매일 걷던 길이 낯설게 느껴지고 좋아하던 음악이 불현듯 이유 없이 거슬리듯, 익숙한 일상 속에서도

다음 잔을
따르며

불편한 균열이 조용히 말을 겁니다. '지금, 정말 괜찮은 걸까?' '나는 여전히 살아 있는 걸까?' 그 질문들은 불쑥 찾아오지만 결코 무의미하지 않습니다. 그런 의구심은 피할 것이 아니라 오히려 귀하게 다루어야 할 신호처럼 느껴집니다. 흔들림이 있다는 것은 여전히 깨어 있고, 무언가를 향해 나아가고 있다는 증거일 테니까요. 저는 그 불안을 자리를 잡아가는 과정의 일부라고 받아들이기로 했습니다.

언젠가 누군가 같은 질문을 던졌을 때, "응, 이제 자리를 잡았어."라고 단호하게 말할 수 있을까요? 솔직히 잘 모르겠습니다. 아마 그때도 지금처럼 비슷한 대답을 하게 될 것 같습니다. "아니, 아직은. 그래도 방향은 맞는 것 같아." 이 조심스럽고 불완전한 문장이야말로 지금의 저를 가장 정확하게 설명해 줍니다. 완전하지 않은 상태에 머무를 수 있는 용기. 그 안에 어쩌면 진짜 자리가 만들어지고 있는지도 모릅니다.

앞서 자리를 잡는다는 것에 대해 이야기했죠. 이번에는 자리를 지킨다는 것에 대해 말해보려 합니다. 자리를 잡아가는 동안 나는 과연 이 자리를 얼마나 오랫동안 지켜낼 수 있을까? 산문이라는 공간을 열고 하루하루를 차곡차곡 쌓아가고 있지만 때때로 그 시간 위로 불안이 스며듭니다. 내가 이 자리를 지키고 있는 것인지 아니면 그 자리가 나를 붙잡고 있는 것인지 혼란스러워질 때도 있습니다.

매출은 날마다 다릅니다. 어떤 날은 모처럼 북적이고 또 어떤 날은 하루 종일 문을 열어두고도 단 한 명의 손님도 들지 않기도 하죠. 오늘은 어떤 날일까. 그런 예측 불가능함 속에서 하

다음 잔을
따르며

루를 시작하는 일은 익숙해질 법도 한데 여전히 낯설고 조심스럽습니다. 특히 손님이 없는 밤이면 고요한 정적 속에 저도 모르게 상념이 깊어집니다. 이 선택은 과연 옳았을까. 산문은 정말 잘 가고 있는 걸까.

그럴 때마다 지난 시간이 불쑥 떠오릅니다. 산문을 차리기로 결심한 순간, 전 회사에 퇴사를 통보한 날, 마지막으로 자리를 정리하던 오후, 송별회에서 건네받은 조용한 격려들. 건축 도면을 펼치던 책상을 닫고 바 테이블을 열던 순간. 내가 꿈꾸던 공간을 만들겠다는 다짐과 동시에 밀려온 책임감. 회사를 그만두고 새로운 길을 걷기로 했을 때 그 결정은 제게 용기와 무모함 사이 어디쯤이었습니다.

안정적인 수입은 사라졌고 저를 대신해 무언가를 책임져주던 시스템은 더 이상 존재하지 않았습니다. 자영업자로 산다는 것, 꿈꾸던 공간을 만든다는 건 모든 결과를 온전히 스스로 감당해야 한다는 뜻이었습니다. 누군가가 짜 놓은 시스템에서 벗어난 삶. 그게 바로 자리를 지킨다는 말의 무게였습니다.

누군가에게는 제가 용기를 낸 사람처럼 보일지도 모르겠습니다. 하지만 실은 도망치고 싶었던 마음이 더 컸는지도 모르겠습니다. 내가 만든 것들이 너무 단단해져서 그 안에서 더는 숨 쉴 수 없었던 시간. 그 답답함에서 벗어나고 싶어 바의 문을 열었습니다. 하지만 벗어났다고 해서 곧장 자유로워지는 건 아니었습니다. 자유는 고독과 연결되어 있었고 그 고독은 다시 불안을 데려왔습니다.

책과 술이 있는 공간. 어떤 이들은 이 조합이 신선하다고, 그런 공간이 있어서 반갑다고 말했습니다. 반면 어떤 이들은 고개를 갸웃거리며 말했습니다. "책 좋아하는 사람은 술을 멀리하고, 술 마시는 사람은 책을 안 읽지 않나요?" "이도 저도 아닌 공간은 결국 어중간하게 될 거예요. 차라리 카페를 하시든지 아니면 제대로 된 바를 하는 게 좋을 것 같아요." 그때는 그 말이 못마땅했지만 지금은 어느 정도 이해합니다. 취향은 나뉘고 소비는 분리됩니다. 사람들이 원하는 건 더 선명하고 명확한 콘셉트인지도 모릅니다.

책과 술이 모호하게 엮인 이 공간은 때로 어중간하게 보일 수 있습니다. 하지만 저는 그 어중간함에서 묘한 매력을 느꼈습니다. 책을 읽으며 술을 마시고 술을 마시며 대화를 나누고 그 대화가 깊어져 책으로 이어지는 밤. 그 조화의 하모니가 좋았습니다. 그리고 낯설고 모호한 이 조합이야말로 제가 가장 나답게

다음 잔을
따르며

설계할 수 있는 세계라고 믿기로 했습니다. 보란 듯이 자리를 지키고 싶었습니다. 이도 저도 아니라고 말했던 사람들에게 내 선택도 재밌다는걸 보여주고 싶었지요.

하지만 아무리 마음을 다잡아도 매출이 저조한 날이면 흔들리기 마련입니다. 이곳을 준비하며 상권 탓, 경기 탓은 하지 않겠다고 다짐했지만 어느새 핑계를 찾는 제 자신을 발견합니다. '비가 와서 그런가…', '날씨가 좋아서 다들 나들이 갔나…', '연휴라서 그런가…' 그럴수록 '내가 잘하고 있는 걸까'라는 질문이 머릿속을 떠나지 않았고, 한 번의 비 소식이나 계절의 변화조차도 내 탓처럼 느껴지는 날들이 찾아왔습니다. 많은 이들이 말합니다. 자영업은 결국 버티는 일이라고. 매일을 정성껏 준비하다 보면 언젠가 나아질 거라고. 지나고 나면 이 시기도 추억이 될 거라고. 그런 말들이 위로가 될 때도 있지만, 어떤 날에는 더 무거운 짐처럼 느껴지기도 했습니다. '버티기만 한다고 되는 걸까?', '그렇다면 나는 언제까지 버틸 수 있을까?'

손님이 없던 하루, 집으로 돌아가는 차 안에서 음악 소리를 줄이고 침잠에 빠져드는 날도 있었습니다. 산문은 패착이었을까? 내가 좋아하는 것들이 다른 사람에게는 오히려 불편함이었을까? 회사를 그만둔 건 성급한 결정이었나? 건축사 자격증을

다음 잔을
따르며

따고 설계의 길을 걸었어야 했나? 그런 질문들 앞에서 저는 다시 어떤 마음으로 산문을 시작했는지 떠올려봅니다.

책방을 운영하는 분들과 이야기를 나누다 보면 그들 역시 비슷한 고민을 안고 있다는 걸 알게 됩니다. 책만 팔아서는 수익을 내기 어렵기에 음료를 함께 판매하거나 독서 모임이나 북토크 같은 프로그램을 운영합니다. 이상과 현실 사이에서 균형을 잡기 위해 끊임없이 변화를 시도합니다. 어떤 날은 책 대신 커피가 또 어떤 날은 행사가 공간의 중심이 되죠. 결국 그 모두가 공간을 지속시키기 위한 선택이라는 걸 서로 잘 알고 있습니다.

이런 생각이 들 때면 산문에서 있었던 순간들을 떠올립니다. 게더링을 준비하며 밤늦게까지 의자를 정리하고 조명을 조절하던 제 모습. 독서 모임이 끝난 뒤 여운이 길게 남아 베개에 누워서도 생각이 가시지 않던 밤. 시로의 마음에 스며들 듯 이야기를 이어가던 시간. "요즘 경기가 안 좋아 문 닫는 가게도 많은데 산문은 오래 있어 주세요.", "이런 행사를 만들어줘서 감사해요. 덕분에 위로받고 갑니다." 그 말들과 장면들이 지켜야 할 자리의 이유가 되어줍니다.

자리를 지킨다는 것은 단순히 그 자리에 존재하는 것을 의미하지 않습니다. 매일 문을 열고 술잔을 닦고 의자를 정리하는 일상의 반복 속에는 감정과 책임, 회의와 다짐, 질문과 응답이 얽혀 있습니다. 자리를 지킨다는 건 그 모든 마음의 층위를 끌어안고 묵묵히 살아내는 일입니다. 이 공간이 과연 지켜야 할 가치를 지니고 있는지 매일 스스로에게 되묻고 그 질문에 나름의 답을 찾아가는 과정이기도 합니다.

정돈되지 않아도 아름다운 산문이 있듯 저 또한 어딘가 어수선한 문장으로 살아가고 있습니다. 언젠가는 이 자리를 떠나야 할 날이 올지도 모릅니다. 시간이 흐르고 제 삶이 다른 방향을 선택하게 될 수도 있겠지요. 하지만 아직까지 저는 이 자리를 지키고 싶은 마음이 큽니다. 어정쩡해 보일지언정 저다운 방식으로 묵묵히. 그리고 언젠가 누군가에게 이런 곳이 있었다고 기억될 수 있다면 그것만으로도 충분하지 않을까요?

다음 잔을
따르며

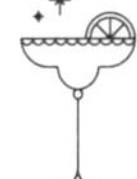

독서 모임에서 자주 나오는 질문 중 하나는 퇴사 이후의 삶에 관해서입니다. "퇴사하면 뭐 하고 싶으세요?" 혹은 "제2의 인생에는 어떤 일을 해보고 싶으세요?"와 같은 물음은 의외로 많은 공감을 이끌어 냅니다. 처음에는 머뭇거리며 말문을 열던 사람들도 이내 눈빛이 반짝입니다. "카페 같은 거요. 아니면 게스트하우스, 그런 공간 하나쯤요." 그렇게 말하는 얼굴에는 잠시나마 현실에서 벗어난 표정이 피어납니다. 어쩌면 우리에게 공간이란 단순히 물리적인 장소가 아니라 살고 싶은 삶의 형태일지도 모르겠습니다.

그 말에 또 누군가가 곧장 덧붙입니다. "맞아요, 나도 그런 꿈이 있었어요. 작은 책방이나 조용한 음악이 흐르는 공간에서 좋아하는 사람들이랑 함께 있는 그런 곳이요." 그러면 대화는 자연스레 각자의 공간에 대한 상상으로 흐릅니다. 어떤 이는 커피 향 가득한 아침을 또 어떤 이는 은은한 조명 아래에서의 밤을 이야기합니다. 그렇게 우리는 잠시나마 내가 원하는 삶의 형태에 대해 말하게 됩니다.

그런 이야기를 나누다 보면 저도 모르게 산문을 만들기 전 텅 빈 상가를 돌아다니며 상상을 거듭하던 시간이 떠오릅니다. 모든 시작은 하나의 질문에서 출발했습니다. '나를 투영하는 공간을 만들게 된다면 어떤 모습일까?' 그때는 너무 막연해서 오히려 자유로웠습니다. 틀에 박히지 않은 상상들이 제 머릿속을 채웠습니다. 어떤 공간은 따뜻한 나무의 결이 느껴졌고 또 어떤 공간은 무채색의 단정한 선들로 정리된 모습이었습니다. 어딘가에서는 책이 읽히고 또 어딘가에서는 잔을 기울이며 서로의 이야기를 나누는 사람들이 있었습니다. 어떤 이는 그저 조용히 혼자 머무르고 또 어떤 이는 낯선 이와의 대화를 통해 마음을 풀어내는 공간.

산문의 인테리어 과정은 생각보다 단번에 매듭지어지지 않았습니다. 여러 번 방향을 바꾸고 결정했던 것들을 다시 뒤집는

다음 잔을
따르며

일이 반복되었지요. 낮에는 건축사무소 시절 쌓아둔 기술을 꺼내 들고 밤에는 다이어리 한쪽에 상상 속 공간을 스케치했습니다. 빈 상가들을 돌아다니며 그 공간에 사람을 불러들이는 장면을 그렸습니다. 책을 읽는 사람, 조용히 술을 마시는 사람, 옆자리 손님과 눈을 맞추고 이야기 나누는 사람, 가끔은 서로 아무 말 없이도 편안한 침묵을 나누는 사람들까지. 그러한 장면들이 하나하나 떠올랐고 그 상상이 점차 공간의 뼈대를 만들었습니다.

디자인보다 더 어렵고 집요하게 고민했던 건 공간을 마주하는 느낌이었습니다. 조명이 어떻게 공간의 분위기를 바꾸는지를 오래 고민했고 의자의 높낮이 하나까지 고민하며 수없이 앉았다 일어나기를 반복했습니다. '이 의자에 오래 앉아도 불편하지 않을까', '저 조명이 얼굴에 그늘을 만들지는 않을까', '음악은 어느 방향에서 흘러나와야 대화의 흐름을 방해하지 않을까'. 그렇게 하루하루 작은 고민들이 모여 조금씩 형태를 만들어갔습니다.

그런 상상은 메모로, 그림으로, 도면으로 옮겨졌습니다. 처음에는 낙서처럼 시작했습니다. 손바닥만 한 다이어리 구석에 그려본 테이블 배치, 조명 위치, 선반의 모양 같은 것들. 건축을

전공한 경험이 여러모로 밑거름이 되어 상상은 점점 더 구체적인 형태를 갖추기 시작했습니다. 3D 모델링을 해보기도 했고 가상의 시뮬레이션을 돌려보기도 했습니다. 가상의 공간은 구체적인 계획으로 바뀌기 시작했습니다.

시공이 끝났을 때 저는 생각했습니다. 이제 다 되었다고. 그러나 막상 첫발을 들여놓은 공간에서 느껴진 건 무엇인가가 아직 비어 있다는 감각이었습니다. 조명과 소품, 향기와 음악, 그 모든 것이 하나의 공간 안에서 조화를 이루려면 단지 인테리어만으로는 부족했습니다. 공간의 분위기는 완성도 높은 배치나 장식만으로 만들어지는 것이 아니라 전체를 아우르는 균형과 조화에서 비롯된다는 걸 실감했습니다. 사무실에서 설계도면을 그릴 때와는 달리, 선 하나에도 감정의 무게가 실렸습니다.

그리고 지금 저는 그 공간을 운영하고 있습니다. 이름은 산문. 위스키와 책이 있는 바입니다. 단골손님 중 한 분은 이렇게 물었습니다. "이곳이 정말 사장님이 꿈꾸던 그 공간인가요?" 저는 잠시 생각하다가 조용히 웃으며 고개를 끄덕였습니다. "거의, 그렇다고 말할 수 있을 것 같아요." 그 말에 담긴 거의라는 단어는 사실 만족의 표현이라기보다 여전히 변화하고 있다는 고백에 가까웠습니다. 완벽하지도 않고 고정되지도 않은 공간이지만 사람과 사람 사이의 움직임에 따라 언제든 다른 얼굴을 가지게 되니까요.

　우리는 각자의 마음속에 자신만의 꿈같은 공간을 하나쯤 품고 살아가는지도 모르겠습니다. 때로는 그것이 단지 상상으로 끝나기도 하고 어떤 이는 그것을 현실로 옮겨보기도 하지요. 중요한 건 그것이 이루어졌느냐가 아니라 그 공간을 떠올릴 수 있는 마음이 있다는 사실 아닐까요. 삶이 바쁘고 어지럽고 때로는 너무 거칠게 흐를지라도 마음 한편에 나만의 공간을 그려볼 수 있다는 건 분명 위안이 됩니다. 그 공간은 우리가 지치지 않기 위해 필요한 마음의 쉼터이자 지금의 나를 있게 한 내면의 형태일지도 모르니까요.

　그래서 다시 묻게 됩니다. "당신의 공간은 어떤 모습인가요?" 조용한 음악이 흐르고 익숙한 향기가 감도는 곳일 수도 있고요. 북적이는 시장 골목 끝 작은 커피 가게일 수도 있고 바람 부는 언덕 위 서점 또는 단독주택일 수도 있습니다. 혹은 그저 햇살 좋은 날 베란다에 놓인 의자 하나일 수도 있겠지요. 그곳의 의자는 어떤 모양인가요? 그 공간에서 흐르는 시간은 무슨 색인가요? 창밖의 풍경은 어떤 계절을 품고 있나요?

다음 잔을
따르며

그 공간에서 가장 아끼는 소품은 무엇인가요? 작은 촛대 하나일 수도 있고 낡은 책 한 권일 수도 있습니다. 아니면 누군가에게 선물 받은 오래된 머그컵 혹은 여행지에서 우연히 샀던 액자일 수도 있겠지요. 그 물건에 얽힌 기억들은 공간을 채우는 공기처럼 스며듭니다. 애정하는 공간에는 사소한 선택에도 의미가 따르기 마련입니다. 그래서 누군가의 공간을 바라보면 그 사람의 결이 느껴져 애틋해집니다.

공간이 완성됐다면 그 안에서 흐를 시간도 상상해 봅시다. 향기는 어떤가요? 은은한 커피 향이 맴돌까요? 아니면 원목 가구에서 풍기는 따스한 나무 냄새일까요. 그곳에서 사람들은 어떤 대화를 나누고 있을까요. 술이 있는 공간이라면 그날의 테이블에는 어떤 술이 올라와 있을까요. 위스키 한 잔, 와인 한 잔, 혹은 소주가 올라올 수도 있겠지요. 그리고 그 위에는 어떤 이야기가 함께 담겨 있을까요. 공간은 마음의 질문을 담아내는 법이니까요.

낭만이라는 말은 사람마다 다르게 정의됩니다. 어떤 이는 낭만을 여유라고 말하고 어떤 이는 쓸데없는 것에 시간을 쓰는 용기라고 말합니다. 저는 그 정의들 모두에 고개를 끄덕입니다. 사랑하는 사람과 가정을 꾸리고 아이들과 웃으며 식탁에 둘러앉은 저녁 시간을 낭만이라 말하는 분도 있었습니다. 어떤 분은 사색하는 것을 낭만이라 말하죠. 반복되는 일상 속에서 스스로를 지켜내기 위한 작고 따뜻한 숨결 같은 것. 좋아하는 찻잔에 차를 따르고, 익숙한 책의 문장을 다시 읽고, 조용히 흘러나오는 음악을 배경 삼아 나를 돌아보는 시간.

어떤 이는 람보르기니를 타고 해안도로를 달려 고급 리조트에 도착한 뒤, 루프탑에서 야경을 바라보며 수천만 원짜리 샴페인을 마시는 장면을 낭만이라 말합니다. 현실에서는 쉽지 않은 일이지만 오히려 그 비현실적인 장면이기에 더욱 낭만적이라고요. 꼭 지금 여기서 가능한 것이 아니라 마음속에서 나만의 방식으로 완성하는 미래형 감정일 수도 있습니다. 누구에게나 허락되지 않지만 누구나 꿈꿀 수 있는 것.

어떤 손님은 이렇게 말했습니다. "낭만은 현실 도피라고 생각했어요. 근데 요즘은 오히려 현실을 버텨내기 위한 장치 같기도 해요." 너무 현실이 버거울 때, 그 무게에서 잠시나마 벗어나기 위해 만들어내는 감정의 피난처. 언젠가 떠나고 싶은 바닷가 마을, 이름 모를 골목의 작은 책방, 모든 걸 내려놓고 살아보고 싶은 이상적인 공간. 현실과는 거리가 멀지만 한 걸음 물러선 자리 덕분에 지금을 견딜 수 있게 되는 도피처. 현실을 살아내기 위해 낭만을 만든다는 것. 그것이 혼자 조용히 마시는 한 잔의 술이든 일부러 빗속을 걷는 일이든 말이지요.

"사장님은 낭만적으로 사시는 것 같아요." 그 말에 나는 물었습니다. "그렇게 보이나요? 어떤 부분이요?" 그는 웃으며 말했습니다. "낮에는 글을 쓰고 밤에는 위스키 바를 하며 사람들과 도란도란 이야기를 나누는 일이요. 참 낭만적이잖아요." 저는 잠시 생각에 잠겼습니다. 카드값과 재료 단가에 머리를 싸매고 불 꺼진 바에서 혼자 위스키를 따르던 내 모습이 떠올랐습니다. 그 모습이 그렇게 낭만적으로 느껴지지 않거든요. 하지만 한편으로는 그런 현실이 누군가의 눈에는 낭만적으로 보였다는 사실이 나를 잠시 멈춰 서게 했습니다.

낭만은 때때로 본인이 깨닫기 전에 누군가의 시선 속에서 먼저 발견되기도 하나 봅니다. 멋진 삶보다는 잊지 않고 지키는 삶에 가까운. 제가 살아온 삶을 돌아보면 한편으론 낭만을 좇는 사람이었던 것 같기도 하고 또 한편으론 누구보다 현실적인 사람이었다고도 생각합니다. 좋아하는 일을 찾으면서도 손익을 따지지 않을 수 없었고 하고 싶은 일을 하면서도 생계를 놓지 않을 수 없었습니다. 낭만을 품되 계산은 멈추지 않았고 꿈을 꾸되 현실에서 눈을 떼지 않는, 언제나 그 경계에서 흔들리며 살아왔던 것 같습니다.

어떤 때는 그 순간에 제대로 느끼지 못하고 지나고 나서야 참 소중했던 시간이었다는 걸 깨달을 때가 있습니다. 그저 새로운 풍경을 보고, 맛있는 걸 먹고, 낯선 골목을 걷는 일이 전부인 줄 알았는데 시간이 흐르고 나면 문득 그 모든 장면들이 마음속에 잔잔한 파도처럼 밀려옵니다. 아무 계획 없이 들어갔던 골목

길 어귀의 작은 카페, 현지인의 친절한 한마디, 해 질 무렵 물든 하늘빛 같은 것들이요. 여행의 아름다움은 집에 돌아와 베개에 몸을 기대고 나서야 비로소 깨닫게 된다는 말이 있지요. 그리고 우리는 그제야 깨닫습니다. 아, 그때가 참 낭만적이었구나 하고요.

손님들과 나눈 이야기 중 이런 이야기도 있었습니다. "저는 낭만을 항상 먼 곳에서 찾으려 했던 것 같아요. 해외여행, 해변, 유럽의 골목길 같은 데서요. 근데 요즘은 그냥 집에서 고요하게 보내는 주말 오후가 가장 낭만적이에요." 그 말을 듣고 고개가 절로 끄덕여졌습니다. 낭만은 언제나 멀리 있는 것이 아닙니다. 오히려 가장 가까운 곳, 가장 사소한 순간에 숨어 있기도 하지요. 하지만 우리는 그것을 알아보지 못합니다. 너무 가까이 있어서, 너무 익숙해서 혹은 너무 조용해서. 그러다 어느 날 그 조용함이 너무 그리워질 때가 있습니다. 떠나고 나서야 알게 되는 감정. 마치, 여행지에서의 그리움처럼.

낭만은 상상이기도 합니다. 아직 도착하지 않은 어딘가에 대한 희미한 기대, 한 번쯤 살아보고 싶은 삶에 대한 막연한 기대감. 그런 말들을 자주 나눕니다. "언젠간 바닷가 근처에 조용한 책방을 열고 싶어요." "퇴직하면 작은 카페를 하고 싶어요. 조용한 음악만 틀고, 아는 사람들만 오게요.", "자서전을 쓰고 싶어요. 누군가 읽지 않아도 제 삶을 돌아볼 수 있는." 어쩌면 우리는 모두 자신만의 낭만을 하나씩 품고 사는지도 모릅니다. 아직은 꺼내어 말하지 못한 말, 언젠가는 도착하고 싶은 마음의 주소, 지금은 현실과 거리가 있지만 언젠가는 가까워지고 싶은 장면.

여러분의 마음속에 있는 낭만은 무엇인가요? 그 낭만은 아직 이루지 못한 채 마음 한구석에 고이 품고 있는 상상인가요, 아니면 이미 지금의 일상 속 어딘가에서 조용히 숨 쉬고 있는 익숙한 풍경인가요? 뭐가 되었든 그 낭만은 분명 지금의 당신을 조금 더 단단하게, 조금 더 따뜻하게 지켜주고 있을 겁니다. 그리고 이 글을 읽고 있는 지금 이 순간 역시, 당신만의 조용한 낭만이 되기를 바랍니다.

반복되는 하루가 지루하게만 느껴질 때도 그 안엔 작고 섬세한 감정들이 스며 있습니다. 지나고 나서야 멀어진 뒤에야 비로소 그것이 낭만이었다고 깨닫는 일이 얼마나 많은지요. 그러니 오늘 하루도 너무 무심히 흘려보내지 않기를 바랍니다. 낭만은 멋지기 위해 존재하는 것이 아니라 삶을 지켜내기 위해 존재하는 감정은 아닐까요. 당신이 그 낭만을 품고 있다는 사실만으로도 지금의 삶은 충분히 아름답습니다.

다음 잔을
따르며

요즘 식당에 가면 테이블마다 태블릿이 비치되어 있습니다. 종업원을 부르지 않아도 메뉴 선택부터 요청 사항, 결제까지 손쉽게 해결할 수 있지요. 처음에는 다소 어색했습니다. 기계에 말을 거는 것도 아니고 화면을 몇 번 누르는 것만으로 식사가 시작된다는 게 낯설게 느껴졌습니다. 하지만 어느새 익숙해졌고 이제는 오히려 그 편리함에 익숙해진 자신을 발견하곤 합니다. 굳이 시시콜콜 말하지 않아도 원하는 게 정확히 전달되고 바로 처리되니까요.

카페도 마찬가지입니다. 입구에서 키오스크를 마주하는 건 이제 특별할 것도 없는 일이 되었습니다. 메뉴를 고르고 결제까지 마치면 번호표가 나오고 잠시 후 주문한 음료가 나옵니다. 빠르고 정확합니다. 심지어 실수도 없습니다. 따듯한 아메리카노를 시켰는데 차가운 아메리카노가 나왔다며 실랑이할 필요도 없어졌습니다. 이런 세상에서 문득 이런 생각이 들었습니다. '그렇다면 AI가 바텐더도 대신할 수 있을까?'

인공지능의 발달은 인간 고유의 감각, 감성, 심지어 예술성까지 위협하는 지점에 이르렀습니다. 과거에 기계는 예술을 할 수 없다고 단언했습니다. 감정이 없는 인공지능이 어떻게 그림을 그리고 음악을 작곡하며 시를 쓸 수 있느냐는 회의가 지배적이었지요. 그러나 지금은 다릅니다. 인공지능은 독창적인 그림을 그리고 클래식 풍의 음악을 만들어내며 사람보다 더 인간적인 언어로 시를 씁니다. 몇몇 작품은 인간의 손에서 나온 것과 구별하기 어려울 정도로 완성도가 높습니다.

이제는 인공지능이 칵테일을 만드는 시대에 접어들었습니다. 생성형 AI에게 취향과 상황을 말하면 적절한 레시피를 추천받을 수 있고 일각에서는 로봇 바텐더가 미리 세팅된 조합에 따라 정확한 계량으로 칵테일을 만들어냅니다. 지치지도 않고 감정 기복도 없으며 위생적으로 정밀하게 일할 수 있는 존재. 기술만 놓고 본다면 AI 바텐더는 이미 인간을 뛰어넘었다고 해도 과

언이 아닙니다. 그렇다면 이런 시대에 굳이 공간이 필요한 인간 바텐더는 왜 필요할까요?

　누군가는 조용히 생각에 잠기기 위해 또 누군가는 일상의 무게를 내려놓기 위해 바에 옵니다. 아주 짧은 대화를 나누기 위해서이기도 하지요. 바는 말을 하러 오는 곳이자 동시에 아무 말 하지 않아도 되는 곳입니다. 평소에는 꺼내지 못하던 생각과 누구에게도 털어놓지 못했던 감정들을 조심스럽게 꺼내보는 자리. 그 말들이 반드시 대답을 바라는 건 아닙니다. 오히려 대답 없는 침묵이 더 큰 위로가 되는 날도 있습니다. 이름도, 직업도 모르는 바텐더에게는 말할 수 있었지만 오래 알고 지낸 친구에게는 도무지 꺼낼 수 없었던 이야기들도 있지요. 가까운 관계일수록 더 말하기 어려운 것, 그게 마음이라는 세계의 역설입니다.

　예전에는 감정이 없는 AI는 상담의 대상이 될 수 없다고 했습니다. 하지만 그 믿음에도 최근엔 균열이 생기고 있습니다. 챗봇, 익명 상담 앱, 감정을 흉내 내는 음성비서에게 속마음을 털어놓았다는 사람들을 주변에서 자주 만납니다. 그 중엔 사람보다 좋았다는 이들도 많습니다. 판단받지 않을 것이라는 확신, 감정적 피로가 없다는 안정감, 그리고 무엇보다 적절한 거리감이 주는 안도감 때문이겠지요. 사람이 아니기에 지켜지는 비밀과

익명성 덕분에 아무 부담 없이 속마음을 털어놓을 수 있는 공간
처럼 느껴지기도 합니다.

　　그렇다면 저는 어떤 바텐더여야 할까요? 단지 맛있는 술을
잘 만드는 사람? 멋진 분위기를 연출하는 사람? 술에 대한 이
야기를 일타강사처럼 조리 있게 설명해 주는 사람일까요? 아니
면 조금은 이상한 이야기를 듣고도 고개를 끄덕이며 받아주는
사람? 혹은 말없이 곁에 있어주는 사람? 어떤 날은 손님이 한마
디도 하지 않고 술만 마시다 돌아갑니다. 또 어떤 날은 문을 열
자마자 속사포처럼 하루의 피로를 쏟아놓는 분도 계십니다. 그
럴 때마다 저는 특정한 역할을 수행하고 있다기보다, 그저 자리
를 지키는 한 사람이라는 생각을 합니다. 말하자면 '사람이 있는
공간'이 주는 힘. 그것이 바의 본질이라는 믿음을요.

　　AI가 더 정교해진다면 손님의 말투, 표정, 술의 종류를 바탕
으로 감정을 예측하고 그에 맞춰 음악과 조명을 조절하고 잔을
건넬 수도 있을 겁니다. 하지만 그것이 사람의 위로와 같을까
요? 말의 타이밍, 고개를 끄덕이는 순간, 오른손에 잔을 건네는
사소한 배려, 무거운 마음을 안고 찾아온 손님에게 말 없이 물
한 잔을 건네는 조용한 눈치. 너무 많은 이야기를 쏟아낸 손님
이 말끝을 흐렸을 때 굳이 대답하지 않는 침묵. 그 모든 사소한

다음 잔을
따르며

순간들 속에 사람이라는 감각이 살아 있습니다. 저는 그 감각이 사라지지 않기를 바랍니다.

기술이 인간을 모방할수록 우리는 역설적으로 더욱 인간적인 것을 갈망하게 됩니다. 기계는 실수하지 않지만 실수로 건넨 한마디에서 위로를 받은 기억. AI는 침착하게 대응하지만, 우물거리다 겨우 내뱉은 말에서 진심을 느꼈던 순간. 그런 장면들은 알고리즘이 흉내 낼 수 없는 사람만의 온기로 남습니다. 몇 년 만에 다시 찾은 바에서 마셨던 술을 기억하고 그날 나눴던 이야기를 기억해준다면 참 고맙고 따뜻하겠지요. 하지만 그 기억이 추억이 아닌 단순한 데이터의 호출이라면 우리는 과연 같은 감정을 느낄 수 있을까요?

예측 가능한 대답이 아닌 때로는 망설임 끝에 도착하는 말. 성해신 소녕 대신, 삼성 따라 바뀌는 눈빛. 같은 칵테일이라도 누가 따라주느냐에 따라 전혀 다른 온도로 기억되는 밤. 그것이 우리가 여전히 사람을 필요로 하는 이유일지 모릅니다. 기술은 무한히 정밀해질 수 있지만 마음이라는 세계는 여전히 비논리적이고 불완전한 방식으로 움직입니다. 그 불완전함이야말로 관계를 만들고 공감의 출발점이 되며 우리가 서로에게 기대고 싶은 이유가 됩니다.

아마도 앞으로의 시대에는 기술이 지금보다 훨씬 많은 것들을 대신하게 될 겁니다. 기술은 더 정밀해질 것이고 바텐더는 물론 작가, 상담사, 친구의 역할까지 일부는 AI가 대신하게 될지도 모릅니다. 하지만 그 모든 것을 흉내 낼 수 있어도 끝내 따라 할 수 없는 것이 있다면 그것은 사람과 사람 사이의 결일 것입니다. 말하지 않아도 전해지는 눈빛, 침묵 속에서 함께 흐르는 숨결, 잔을 건네는 손끝의 미세한 떨림. 그런 것들이 모여 공간을 만들고 그 공간이 누군가에게 살아 있는 위로로 남습니다.

바는 그런 장소이기를 바랍니다. 기계가 모든 것을 대신하는 시대에도 여전히 사람을 만날 수 있는 마지막 자락처럼 남는 곳. 빠르고 정확한 서비스보다 느리더라도 따뜻한 실수가 가능한 공간. 모든 것을 설명하지 않아도 되는 자리. 대화보다 존재가 더 큰 위로가 되는 순간. 그리고 그 자리에 사람인 바텐더가 있다는 사실 하나만으로 누군가는 오늘을 견디게 될지도 모릅니다. 기계가 잔을 따를 수는 있어도 마음까지 따를 수는 없으니까요.

다음 잔을
따르며

들리는 것과 들으려는 것,
보이는 것과 너머를 보는 것

　‘칵테일 파티 효과’란 연회장이 소란스러운 환경 속에서도 내가 듣고자 하는 말, 예를 들어 자신의 이름과 같은 개인적인 정보는 선명하게 들리는 현상을 말합니다. 정신없는 파티장에서 누군가 조용히 부른 내 이름에 고개를 돌리게 되는 순간처럼요. 그 소리가 작건, 멀리 있건 간에 말입니다. 인간의 뇌는 세상의 모든 소리를 똑같이 받아들이지 않습니다. 자신에게 의미 있는 정보, 감정적으로 연결된 이야기, 혹은 오래도록 마음에 남아 있는 말을 선별적으로 인식합니다.

　비슷한 개념으로 ‘빨간 자동차 이론’이 있습니다. 특정 대상에 관심을 갖기 시작하면 그 대상이 유독 자주 눈에 띄는 것처럼 느껴지는 심리 현상을 말하지요. 이를테면 누군가 "빨간 자동차를 볼 때마다 만 원을 주겠다."라고 말하는 순간부터 우리는 거리 곳곳에서 빨간 자동차를 찾아 헤매기 시작합니다. 그때부터 세상은 마치 빨간 자동차로 가득한 것처럼 보이기도 합니다. 낯익던 도시는 문득 낯설고 새롭게 느껴지고 이상한 생동감이 피어오릅니다. 사실 빨간 자동차는 언제나 그 자리에 있었지만 나의 인식이 비로소 그 존재를 드러나게 만든 것입니다.

술과 삶, 그리고 이곳에 관한 이야기를 써 보자고 마음먹은 뒤로 의식적으로 세상을 바라보는 방식을 바꾸기 시작했습니다. 사진작가가 렌즈를 갈아 끼우듯 익숙했던 시선을 걷어내고 조금 더 예민하고 의식적인 감각의 렌즈를 들이댔습니다. 평소와 큰 차이 없던 하루인데도 같은 공간, 같은 사람들, 같은 시간 속에서도 전혀 다른 온도와 결을 가진 이야기들이 눈앞에 펼쳐지기 시작했습니다.

저는 부끄럽지만 그것을 작가의 시선이라 부릅니다. 이 시선은 축복이기도 하지만 때때로 저주처럼 느껴지기도 합니다. 평범하게 지나가도 좋을 순간조차 흘려보내지 못하고 의미를 붙잡으려 애쓰는 예민함. 사소한 말들 속에서도 숨은 감정을 읽어내려는 불편함. 그런 제 자신에게 싫증이 날 때도 종종 있었습니다. 의미를 찾는 일은 분명 아름답고 가치 있지만 모든 순간을 의미화하려 드는 태도는 삶을 조금 피곤하게 만듭니다.

술자리에서 저는 간혹 혼자 딴생각에 빠져 있곤 했습니다. 사람들이 웃고 떠들며 잔을 부딪히고 노래를 부르는 와중에도 문득 이런 질문에 빠지곤 했지요. '사람들은 왜 술을 마시는 걸까? 술은 현실을 잊으려고 마시는 걸까, 아니면 현실을 더 오래 기억하려고 마시는 걸까?' 술잔 너머로 흐르는 미묘한 기류를 느끼며 한 잔의 술이 관계의 온도와 삶의 리듬을 어떻게 드러내는지를 곱씹곤 했습니다. 이게 뭐라고 사람을 이렇게 들었다 놨다 하나 싶은 마음도 들었습니다. 말수가 적던 사람이 어느새 이야기를 길게 풀어놓거나 늘 밝게 웃던 사람이 문득 조용해지는 모습을 보면서요.

평소 같았으면 그냥 흘려보냈을 말들, 의미 없이 던졌던 농담 한마디, 모임의 공기 속을 스쳐 지나간 표정 하나하나가 이상하게 오래 마음에 남는 날들이 많아졌습니다. 스쳐 지나갔어도 괜찮을 장면들이 자꾸만 저를 멈춰 세우곤 했습니다. '이걸 어떻게 글로 옮길 수 있을까? 이 안에서 서사가 될 수 있는 부분은 어디일까?' 세상을 글로 옮긴다는 것은 세상을 다르게 바라보기로 선택하는 일이 아닐까 생각했습니다.

일을 할 때도 마찬가지였습니다. 칵테일 파티 효과처럼 손님들과 나누는 수많은 대화 속에서도 마음에 걸리는 문장들을 귀 기울여 듣게 되고 빨간 자동차 이론처럼 유난히 또렷하게 눈에 들어오는 표정, 주문하는 방식, 천천히 마시는 술잔에서 그 사람의 시간을 상상해 보곤 합니다. 술잔 속에는 어떤 이야기가 있을까, 어떤 마음이 담겨 있을까 생각해 보기도 했죠.

책을 읽을 때도 비슷한 생각이 머릿속을 떠나지 않았습니다. 자연 속에서 고독하게 살며 삶의 본질을 탐구한 헨리 데이비드 소로의 『월든』(은행나무, 2011)에는 이런 문장이 나옵니다. "내 집에는 세 개의 의자가 있다. 하나는 고독을 위한 것이고, 둘째는 우정을 위한 것이며, 셋은 사교를 위한 것이다." 그 문장을 읽으며 문득 산문에 놓인 의자들을 떠올렸습니다. 이 공간의 의자들은 어떤 의미를 품고 있을까. 누구를 위한, 어떤 마음을 위한 자리들일까. 그리고 과연 지금 이 의자들은, 저마다의 역할을 잘 감당하고 있는 걸까.

바 테이블에는 바 의자 열 개, 선반 앞에는 혼자 머무는 손님을 위한 의자 세 개, 둘만의 대화를 위한 커플 의자 두 개, 함께 책을 펼치기 좋은 책상 앞의 두 개의 의자, 그리고 소파와 함께 어울릴 수 있는 네 개의 자리가 있습니다. 저는 그 의자들 하나

하나에 마음을 얹어봅니다. 누군가는 조용히 머물다 가고, 또 누군가는 이야기를 남기고 떠납니다. 앉는 방식도, 머무는 시간도, 떠나는 뒷모습도 모두 다르지요. 그 사소한 차이들 속에서 공간은 조금씩 표정을 바꾸고, 의자들은 말없이 모든 순간을 조용히 받아 안습니다.

때로는 이런 생각들이 피곤하게 느껴질 때도 있습니다. 그러나 동시에 그런 피로 속에서만 건져 올릴 수 있는 감각이 있다는 것도 압니다. 세상의 모든 이야기가 말로 전해지는 것은 아니니까요. 오히려 가만히 들여다볼 때만 드러나는 장면들이 분명히 존재합니다. 오늘도 저는 이 공간에서 일하며 누군가의 말없는 눈빛을 기억하고 머물다 간 뒷모습을 떠올립니다. 잔을 내려놓는 손끝의 떨림, 주문을 망설이는 순간의 정적, 그리고 책을 덮는 조용한 숨소리까지. 그 모든 장면이 이 공간의 서사가 되고 저에게는 글의 재료가 됩니다.

이 글을 쓰는 지금도 문득 그런 생각이 듭니다. 우리는 얼마나 많은 순간을 그냥 지나쳐 버리고 있을까요. 세상은 끊임없이 이야기하고 우리는 그 안에서 때로는 귀를 닫고 때로는 마음을 열며 살아갑니다. 모든 소리를 들을 수 없고 모든 얼굴을 기억할 수 없으며 모든 순간에 의미를 부여할 수도 없습니다. 세상

은 어쩌면 우리가 조금만 천천히 걷기를, 잠시만이라도 멈춰 서
기를 기다리고 있을지 모릅니다.

　하지만 칵테일 파티처럼 소란스러운 공간 속에서도 누군가
의 목소리를 알아듣는 순간이 있고 언제나 지나던 거리에서 갑
자기 자주 보이는 빨간 자동차가 있는 것처럼 우리가 어떤 것
에 마음을 주느냐에 따라 세상은 전혀 다른 풍경으로 펼쳐집니
다. 지금 당신은 무엇에 귀를 기울이고 있나요? 어떤 장면 앞에
서 마음이 멈추고 어떤 문장에 오래 시선이 머물고 있나요? 어
쩌면 그 사소한 선택들이 당신만의 이야기를 써 내려가는 첫 문
장이 되어줄지도 모릅니다.

　잔을 비우고 다시 따르는 일은 마음을 정리하고 새로운 무언가로 자신을 채우는 과정입니다. 처음 잔을 들었을 때의 설렘과 망설임과 한 모금 넘기고 나서야 비로소 알게 되는 풍미 그리고 다 마신 뒤에야 천천히 찾아오는 여운까지. 저는 그렇게 첫 책을 썼고 한 잔을 온전히 비워냈으며 이제는 두 번째 잔을 천천히 채우는 중입니다. 이 글은 첫 잔의 서툴렀던 향과 쓴맛, 그 잔을 비우며 얻은 배움 그리고 다시 잔을 채우는 지금의 제 마음에 대한 기록입니다.

　처음 책을 쓰겠다고 다짐했던 어느 날 기차를 타고 서울로 향했습니다. 가방 안에는 노트북과 아직 쓰이지 않은 공책 한 권을 챙겨 넣었지요. 저는 마음속에 막연하게 품고 있던 이야기들을 정리해 보기로 했습니다. 그때의 마음은 설렘과 두려움이 절반씩 섞인 상태였습니다. '나도 작가가 될 수 있을까?'라는 기대와 '과연 원고를 끝까지 채울 수 있을까?'라는 막연한 두려움이 교차했지요. 벌써 책이 나온 것처럼 혼자 제목을 지어보기도 하고 서점에 책이 진열된 모습을 상상하며 혼자 들뜨기도 했습니다.

당시 멘토였던 작가님은 이렇게 말했습니다. "당신이 하고 싶은 이야기를 생각하세요. 왜 이 글을 써야 하는지, 그리고 누구에게 이 글이 닿기를 바라는지요." 저는 그 질문 앞에서 한참을 머뭇거렸습니다. 왜 글을 쓰려는 걸까. 누구에게 이 글이 닿았으면 하는 걸까. 그때 제가 꺼낸 말은 이랬습니다. "저는 아무것도 이룬 것 없는 사람이었고 조금씩 무언가를 해내며 살아가는 과정을 기록하고 싶어요. 제가 걸어온 작은 길이 누군가에게는 시작의 용기가 되었으면 좋겠고요."

지금 생각하면 참 무모했습니다. 글을 쓰고 책을 낸다는 건 단지 진심만으로 되는 일이 아님을 그때는 몰랐던 거죠. 저는 아직 아무런 이력도, 전문성도, 사회적 증명도 갖추지 못한 채 글을 썼고, 그런 글에 공감이라는 이름의 박수를 기대했습니다.

누군가 "당신의 이야기에 위로받았어요."라고 말해주길, "나도 당신처럼 한번 해 볼게요"라는 응답을 듣고 싶었습니다. 하지만 세상은 그런 바람을 쉽게 허락하진 않습니다.

출판 시장은 특히나 더 냉정했습니다. '이 작가가 믿을 만한가?', '콘텐츠에 시장성이 있는가?', '지속적인 독자 기반이 있는가?' 그 질문들이 저를 시험대 위에 올려놓았습니다. 그 기준 앞에 선 제 글은 부족함이 많았습니다. 진심은 있었지만 진심만으로는 설득되지 않는 시장의 언어가 존재했습니다. 저는 그 언어에 낯설었고 적응하지 못했습니다. 결국 책을 쓰겠다는 첫 의욕은 서랍 안으로 조용히 들어갔습니다.

그러던 어느 날 코로나19라는 시대가 찾아왔습니다. 많은 이들이 일상을 잃고 회사를 떠났으며 도시를 떠나 시골로 향했습니다. 하루가 멀다 하고 뉴스에는 '로컬 라이프', '슬로우 라이프', '귀촌의 시대' 같은 단어들이 쏟아졌습니다. 제주에서 자란 저에게는 사람들이 기회만 되면 제주에 내려가는 모습이 쉽게 이해되지 않았습니다. 멋진 바다, 좋은 기후가 있는 다른 지역도 많은데 왜 하필 제주일까. 그저 여행지로서의 제주가 아니라 일상의 공간으로서의 제주는 그렇게 낭만적인 곳이 아니었습니다.

다음 잔을
따르며

그래서 더 궁금해졌습니다. 왜 사람들은 도시를 떠나는 걸까? 그건 단지 공간의 이동일까, 아니면 삶의 재구성일까? 꼬리를 무는 의문들은 다시금 책 쓰기의 불씨를 살려냈습니다. 이번엔 내 이야기를 넘어서 사람들이 궁금해할만 한 질문을 던져보기로 했습니다. 사람들은 왜 시골로 향할까? 도시에서 지친 삶을 버리고 자연으로 가려는 이들은 무엇을 꿈꾸는 걸까? 먼저 떠난 사람들은 어떤 일을 하고 어떤 공동체를 꾸리고 있을까? 그들은 어떤 가치를 믿는 걸까?

그렇게 내 이야기보단 현장에 있는 사람들의 이야기를 담은 목차를 구성해 보기로 했습니다. 로컬 트렌드를 분석하고 각지에서 자신만의 삶을 만들어가고 있는 사람들의 사례를 긁어모았지요. 인터뷰를 요청하고 책과 기사, 다큐멘터리까지 찾아보며 내용을 채워나갔습니다. 첫 번째 책은 그런 고민과 탐색, 관찰과 질문이 보여 만늘어진 결과불이었습니다. 말하자면 나의 삶을 직접 이야기하지 않되 타인의 삶을 비추며 간접적으로 나를 드러낸 첫 시도였습니다.

첫 번째 책은 시장의 흐름을 의식하며 썼습니다. 사람들이 궁금해할 만한 주제는 무엇일지, 출판사가 관심 가질 만한 기획은 어떤 것일지. 그렇게 외부의 시선을 먼저 떠올리며 구성해

나갔습니다. 책을 통해 내 이야기를 전하고 싶다는 마음은 분명 있었지만 어떻게든 원고를 완성해야 한다는 조급함이 더 컸던 것 같습니다. 첫 책에도 분명 저의 일부가 담겨 있었지만 그건 어쩌면 낯선 옷을 빌려 입은 나였는지도 모릅니다.

창작이나 기획을 하는 사람에게 늘 따라붙는 질문이 있습니다. '하고 싶은 것을 할 것인가, 아니면 팔리는 것을 할 것인가.' 저는 이제 이 둘이 반드시 어긋나는 건 아니라고 생각합니다. 하고 싶은 일을 하되 잘 팔리기까지 한다면 더할 나위 없이 좋겠지요. 그리고 내가 하고 싶은 말이 결국 누군가에게 필요한 문장이 되기를 바라며 말입니다.

첫 번째 잔은 참 서둘러 비웠던 것 같습니다. 마치 목이 탄 사람처럼 급히 들이켰고 그래서인지 잔을 비운 뒤엔 어딘가 아쉽고 또 허전한 기분이 남았습니다. 자료를 수집하고 책을 읽는 일조차 하나의 전투처럼 느껴졌습니다. 출간 계약을 맺은 날 멘토인 작가님께 편지를 썼습니다. 어떻게 살아야 할지 몰라서 책을 쓰기 시작했다고. 누군가는 출간 계약서를 손에 쥐며 뿌듯함에 눈물을 흘리지만 저는 방황 끝에 나온 안도와 슬픔의 눈물을 흘렸다고.

다음 잔을
따르며

실패도 성공도 아닌 그저 한 걸음을 내디딘 사람만이 아는 복합적인 감정이었습니다. 어쩌면 저는 책을 통해 제 안의 혼란과 불안, 갈망과 외로움을 한 페이지씩 정리해 나가고 있었는지도 모릅니다. 그렇게 비워낸 첫 잔은 제게 글을 써야 하는 이유를 조금 더 분명하게 알려주었습니다. 첫 번째 잔이 있었기에 두 번째 잔도 채울 수 있었습니다. 서툴고 조급했던 첫술은 배를 불리기엔 턱없이 부족했지만 그 덕분에 방황에 대한 갈증을 해소할 수 있었습니다. 그 잔이 있었기에 새로운 길 위에 조심스럽게 발을 내딛을 수 있었습니다.

어느덧 두 번째 책도 서서히 책의 형태를 갖춰 가고 있습니다. 이번에는 더 천천히 썼고 더 편하게 써 내려갔습니다. 누구의 기준도 아닌 나의 언어와 호흡으로 썼습니다. 언젠가 이 잔도 다시 비워질 날이 오겠지요. 하지만 이제는 압니다. 잔을 비우는 일은 끝이 아니라 또 다른 시작을 위한 준비라는 것을요. 대신 지금의 나를 가장 솔직하게 담아내는 문장을 고르고 또 고릅니다. 그렇게 한 잔 한 잔, 나를 닮은 글을 따라가고 있는 중입니다.

　　산문의 이야기를 쓰며 허투루 보낸 날들로만 채워졌다고 생각했던 지난 시간 동안 분명한 감정의 궤적과 사람들, 그리고 소중한 장면들이 있었다는 사실을 깨닫습니다. 글을 쓰며 나를 돌아봤고 내가 왜 이 공간을 시작했는지 다시 확인할 수 있었습니다. 이름을 몰라도 익숙한 얼굴들, 말은 섞었지만 진심을 전해주던 표정들, 울면서 마신 잔, 웃으며 비운 잔. 산문은 그러한 이야기들로 조금씩 채워졌습니다. 매일의 반복 속에서 그 흔적들을 놓치지 않으려 애썼고 그 안에서 내가 누구인지 조금씩 더 알아갔습니다.

　　이 공간에서 만난 사람들은 참 다양한 얼굴을 하고 있었습니다. 누군가는 웃으며 누군가는 침묵하며 또 누군가는 눈물을 흘리며 이 자리에 앉았습니다. 바는 그런 감정들이 뒤섞인 공간입니다. 누군가는 기쁜 날 찾아오고 또 누군가는 슬픈 날 이 자리에 앉습니다. 어떤 날엔 한마디 말없이 잔을 기울이다 돌아가는 사람도 있었고 또 어떤 날엔 처음 보는 사람끼리 조용히 이야기를 나누고는 친구가 되어 나가기도 했습니다.

그저 그 곁에 있었습니다. 잔을 닦고 채우며 때로는 말없이 고개를 끄덕이면서요. 그저 마주 보고 있는 것만으로 위로가 되는 순간이 있다는 것을 배웠습니다. 가만히 앉아 있어 주는 일, 침묵을 존중해주는 일, 감정을 판단하지 않는 시선. 바텐더라는 이름을 통해서 그런 순간들을 하나씩 배워갔습니다. 글을 쓰기 위해 그 장면들을 다시 떠올렸습니다. 어떤 날은 글을 쓰다 멈추기도 했습니다. 너무 선명한 얼굴과 말들이 문장을 가로막기도 했습니다. 기억을 되짚으며 떠오른 손님의 표정, 그들이 남긴 문장 하나 없이 조용한 흔적들. 기억은 흐려지지만 기록은 흔적을 남깁니다. 그리고 이 글이 그 기억을 잃지 않기 위한 하나의 방법이 되기를 바랐습니다.

책과 술이 공존하는 공간, 말과 침묵이 교차하는 시간 그리고 사람과 사람이 나지막한 인사를 나누는 풍경. 나는 그 모든

Epilogue

것들을 이 공간에 담고 싶었습니다. 그리고 이제야 알겠습니다. 내가 꿈꿨던 바란 결국 내가 살고 싶은 삶의 형태였다는 것을. 겉으로는 바텐더의 일을 하고 있지만 속으로는 여전히 글을 쓰고 사람을 만나고 이야기를 기록하며 살아가고 있다는 것을. 이 공간은 저의 로망을 바탕으로 빚어낸 서재이자 술집이며 동시에 나의 일기장입니다.

산문이라는 이름은 여전히 진행형입니다. 이 공간도, 이 글도, 그리고 나라는 사람도 아직 완성에 이르지 않았습니다. 하지만 그 불완전함 속에서도 저만의 속도로 걸어가고 있습니다. 때론 조용히 그러나 분명하게 삶의 온도를 조금씩 바꾸어가며. 얼음이 녹아 물이 되어가는 과정처럼 조용하지만 분명한 변화로 나아갑니다. 언젠가 또 익숙함을 지나 다시 낯선 설렘을 향해 나아가며 또 다른 이야기를 준비하고 싶습니다. 그리고 내 모든 시간이 또 한 권의 산문으로 이어지기를 바라며 지금은 잠시 이 잔을 내려놓습니다.

이 책을 읽어주신 당신의 시간에 그리고 어쩌다 이 공간을 찾아주신 모든 이들에게 감사의 마음을 전합니다. 잔을 비우고 다시 채우는 일. 그것은 결국 삶을 살아가는 일과 닮아 있습니다. 오늘 당신의 하루에도 조용한 한 잔이 놓이기를 바랍니다.

그리고 그 잔을 마시는 사이, 당신만의 이야기가 천천히 시작되기를.

2026년 어느 깊은 밤,
위스키 바 '산문'에서

어쩌면 바라던 바

초판 1쇄 인쇄 2026년 2월 9일
초판 1쇄 발행 2026년 2월 20일

지은이 정성욱
펴낸이 이범상
펴낸곳 (주)비전비엔피 · 애플북스

책임편집 김혜경
기획편집 차재호 김승희 한윤지 박성아
디자인 김혜림 이민선 인주영
마케팅 이성호 이병준 문세희 이유빈
전자책 김희정 안상희 김낙기
관리 이다정
인쇄 북토리

주소 우) 04034 서울특별시 마포구 잔다리로 7길 12 (서교동)
전화 02) 338-2411 | **팩스** 02) 338-2413
홈페이지 www.visionbp.co.kr
인스타그램 www.instagram.com/visionbnp
이메일 visioncorea@naver.com
원고투고 editor@visionbp.co.kr

등록번호 제313-2007-000012호

ISBN 979-11-996607-3-1 03810

- 값은 뒤표지에 있습니다.
- 파본이나 잘못된 책은 구입처에서 교환해 드립니다.